U0474375

《诗刊》社○编
李少君○主编

青春回眸

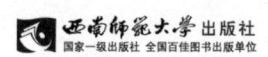

诗歌大系

2014—2015

西南师范大学出版社
国家一级出版社 全国百佳图书出版单位

图书在版编目(CIP)数据

青春回眸诗歌大系.2014-2015／《诗刊》社编；李少君主编.—重庆：西南师范大学出版社,2021.8
ISBN 978-7-5697-0676-5

Ⅰ.①青… Ⅱ.①诗…②李… Ⅲ.①诗集-中国-当代 Ⅳ.①I227

中国版本图书馆CIP数据核字(2021)第081331号

青春回眸诗歌大系 2014—2015
QINGCHUN HUIMOU SHIGE DA XI 2014—2015

《诗刊》社　编　李少君　主编

项目策划：蒋登科　张　昊
责任编辑：李　君
责任校对：王玉竹
装帧设计：王　冲
排　　版：杜霖森
出版发行：西南师范大学出版社
印　　刷：重庆荟文印务有限公司
幅面尺寸：160 mm×235 mm
印　　张：22
字　　数：320千字
版　　次：2021年8月 第1版
印　　次：2021年8月 第1次
书　　号：ISBN 978-7-5697-0676-5
定　　价：98.00元

当代诗歌的"青春回眸"时刻

李少君

仅仅百年的新诗,很长时间被认为只是一种"青春写作",多少暴得大名的诗人,终身靠的是年轻时的成名作。成名作即代表作,一度成为一种诗歌现象。于是,有人说:诗歌只属于青春。

并且,他们还振振有词,郭沫若之《女神》、徐志摩之《再别康桥》、艾青之《大堰河,我的保姆》、卞之琳之《断章》、海子之《面朝大海,春暖花开》、张枣之《镜中》等,都是青春的激情产物,此后,就再难超越自己的高峰。

诗歌真的只属于青春吗?对此,我不能苟同,杜甫的"暮年诗赋动江关"如何理解?赵翼的"赋到沧桑句便工"呢?大诗人歌德愈老愈炉火纯青,还有里尔克说的"经验写作"以及所谓的"晚期风格",等等。

确实,青春本身就是诗。海子更是将很多人对于诗的印象定格于"青春时刻"。这些,确实是天才的火焰和光芒。

但伟大的诗人,一定是集大成者,无论青年、中年或老年,都会杰作频出,高峰迭起。还是说杜甫吧,青春时代的"会当凌绝顶,一览众山小",中年的"国破山河在,城春草木深",再到后来的"窗含西岭千秋雪,门泊东吴万里船",晚年的"飘飘何所似,天地一沙鸥""无边落木萧萧下,不尽长江滚滚来",哪一首不是一挥而就,震古烁今!

但为什么中国新诗一直停留在其青春期?我想过这一问题,原因极其复杂,既有历史的,也有现实的和诗人自身的。

首先,这与中国现代性的曲折有关。百年中国多灾多难,时运多蹇,频繁的战乱、洪水、地震和社会的急剧变迁,诗歌的艰难积累建设不断被破坏中断,过了一段时间又得重来。二是诗人们自己的原因,诗人总是想充当时代的号角,但时代在不断转变之中,为适应时代,诗人急起直追,但也无法跟上步伐,诗人无法安心下来专心诗意的雕琢,荒废了手艺。三是中国现代性尚在进行之中,指望仅仅百年的中国新诗走向成熟,独自创立巅峰,可谓痴心妄想。想想古典诗歌吧,从屈原到李白、杜甫,可是有着千年深厚沉淀千年变革创新的。

所以,百年新诗仍在行进之途中。但希望亦在这里,正因为尚未完成,就有自由,有空间,有潜力,就人人皆有可能成为当代李白、杜甫。自由诗,这新诗的另一名称,恰恰道出了其本质。自由地创作与创造吧,未来一定是你的!

诗歌就是自由的象征啊,未来、前景、希望,都在这自由之中!

"青春回眸"诗会创立于2010年,是《诗刊》"青春诗会"的升级版,是《诗刊》打造的又一个诗歌黄金品牌。青春诗会,在中国诗坛已占据太多的神话、传说,被誉为诗坛的"黄埔军校",被誉为进入诗坛的"入场券"。但其实,青春诗会应该只是青年诗人在诗坛的第一次亮相,应该说还只是一个开始,一个不错的起点,但后面的路还很长,还远不是结束,更不是顶峰。所以,"青春回眸"诗会的入选标准是:年过五十仍持续地保持着活力和创造力的诗人。这,才是成熟诗人的标志和象征。这,也才是中国新诗逐步走向成熟的漫漫长途之中艰难跋涉着的一支支劲旅。

　　百年新诗,也恰好走到了"青春回眸"的时刻,在经历向外学习消化西方现代诗歌、向内寻找吸收自己古典诗歌传统精华之后,又经历了向下的接地气的夯实基础的草根化阶段,如今,是到了融会贯通向上超越的时刻!寻找中国新诗自身独特的发展道路和精神面貌,是中国新诗自由、自发、自觉的自然之路,是创造性转化创新性发展的必然之路。而这一切,都将在"青春一回眸"之中展现!包括中国气质、中国气派、中国气象等。

　　所以,"青春回眸"历届诗会的诗歌选本,必然有更繁华的风景,等待你去尽情欣赏,那是当代诗歌最壮丽最宏伟的风景!

目录

CONTENTS

总　序　李少君：当代诗歌的"青春回眸"时刻 …………………… I

2014

吉狄马加　代表作·吉勒布特的树 ………………………………… 04
　　　　　　新　作·圣地和乐土 …………………………………… 06
　　　　　　随　笔·诗歌的本土写作和边缘的声音（节选）……… 16

胡的清　　代表作·萤　照 …………………………………………… 20
　　　　　　新　作·裸露的事物 …………………………………… 21
　　　　　　随　笔·断　章 ………………………………………… 31

阎　安　　代表作·阴　影 …………………………………………… 34
　　　　　　新　作·安　顿 ………………………………………… 35
　　　　　　随　笔·我怎样居住在时间之中 ………………………… 45

王自亮　　代表作·猛虎颂 …………………………………………… 50
　　　　　　新　作·钟表馆 ………………………………………… 52
　　　　　　随　笔·诗歌作坊里永远的学徒 ………………………… 63

臧　棣　　代表作·作为一个签名的落日丛书 ……………………… 68
　　　　　　新　作·另一种雕刻协会 ………………………………… 69
　　　　　　随　笔·诗道鳟燕 ………………………………………… 80

靳晓静　　代表作·写给自己的一封信……………84
　　　　　　新　作·女人书……………………86
　　　　　　随　笔·情怀这东西…………………96

李　南　　代表作·下槐镇的一天………………100
　　　　　　新　作·私人生活…………………101
　　　　　　随　笔·诗人的方向感………………108

潘红莉　　代表作·终将怀念的（外一首）………112
　　　　　　新　作·走动的旧时光………………113
　　　　　　随　笔·那些远方的丛林……………121

李　犁　　代表作·母　亲……………………124
　　　　　　新　作·大　风……………………126
　　　　　　随　笔·诗言志到诗言智……………134

李先锋　　代表作·麦子熟了…………………138
　　　　　　新　作·我爱过的海………………139
　　　　　　随　笔·散落的诗歌笔记……………147

黄尚恩　唐　河　回眸三江源　青春新玉树…………149

2015

沈　苇　　代表作·小酒馆……………………160
　　　　　　新　作·我的内陆…………………161
　　　　　　随　笔·"一带一路"背景下，诗歌何为………167

龚学敏　　代表作·九寨蓝……………………172
　　　　　　新　作·声声慢…………………173
　　　　　　随　笔·我们对过去同样地无知…………179

周所同	代表作·给母亲	182
	新　作·10行之内	184
	随　笔·与诗有缘的山	192
张　烨	代表作·高原上的向日葵	196
	新　作·雨中塔尔寺	198
	随　笔·我在第五届"青春诗会"	206
张　战	代表作·听　鸟	210
	新　作·陌生人	212
	随　笔·我诗故我在	219
叶　舟	代表作·丝绸之路	222
	新　作·阿妈说	224
	随　笔·在丝绸之路上行吟	231
刘金忠	代表作·鹰　翅	234
	新　作·被数旧的月光(外二首)	236
	随　笔·诗歌是一种无法排遣的孤独	241
冉　冉	代表作·庄严的褪去	244
	新　作·晨光中的黄葛树	246
	随　笔·诗歌语言断想	254
王学芯	代表作·黄昏的溪马小村	258
	新　作·在旷野里呼吸	259
	随　笔·筑起语言的巢	265
哈　雷	代表作·零点过后	268
	新　作·海的光泽	269
	随　笔·诗人也是一种痴鸟	276

陆　健	代表作·向自己倾诉	280
	新　作·啊呀地铁（节选）	281
	随　笔·增补与变异	288
龚　璇	代表作·九月之书	292
	新　作·鱼　祭	294
	随　笔·落叶的声音触不到你	301
张慧谋	代表作·渔火把夜色吹白	304
	新　作·海岸线	305
	随　笔·诗歌，是我看见的部分	312
郑文秀	代表作·歌　者	316
	新　作·藏在时光里的画面	318
	随　笔·时间上的情感展示	323
高建刚	代表作·那是藤椅中的我	326
	新　作·有关收音机的一次回忆	327
	随　笔·弦外之音——诗歌札记	334
黄尚恩	"一带一路"背景下的当代诗歌	336

2014

青春回眸诗会

吉狄马加

彝族。1961年生于四川大凉山。青海湖国际诗歌节组委会主席和"金藏羚羊"国际诗歌奖评委会主席。1986年参加《诗刊》社第六届"青春诗会"。已在国内外出版诗集、文集四十余种。曾获中国第三届新诗（诗集）奖、第二届全国少数民族文学诗歌奖、第四届民族文学诗歌奖、庄重文文学奖等。2006年被俄罗斯作家协会授予肖洛霍夫文学纪念奖章和证书。作品被翻译成多种文字。

代表作 吉勒布特的树

在原野上
是吉勒布特①的树

树的影子
像一种碎片般的记忆
传递着
隐秘的词汇
没有回答
只有巫师的钥匙
像翅膀
穿越那神灵的
疆域

树枝伸着
划破空气的寂静
每一片叶子
都凝视着宇宙的
沉思和透明的鸟儿

当风暴来临的时候

---

① 吉勒布特,诗人的故乡,在四川省凉山彝族自治州腹心地带。

马匹的眼睛

可有纯粹的色调?

那些灰色的头发和土墙

已经在白昼中消失

树弯曲着

在夏天最后一个夜晚

幻想的巢穴,飘向

这个地球更远的地方

这是黑暗的海洋

没有声音的倾听

在吉勒布特无边的原野

只有树的虚幻的轮廓

成为一束:唯一的光!

新作 圣地和乐土

无 题
——致诺尔德

我们都拥有过童年的时光
那时候,你的梦曾被巍峨的雪山滋养
同样是在幻想的年龄,宽广的草原
从一开始就教会了你善良和谦恭
当然更是先辈们的传授,你才找到了
打开智慧之门的钥匙
常常有这样的经历,一个人呆望着天空
而心灵却充盈着无限的自由
诺尔德,但今天当我们回忆起
慈母摇篮边充满着爱意的歌谣
生命就如同那燃烧的灯盏,转瞬即逝
有时候它更像太阳下的影子,不等落日来临
就已经消失得无影无踪
亲爱的朋友,我们都是文字的信徒
请相信人生不过是一场短暂的戏剧
唯有精神和信仰创造的世界
才能让我们的生命获得不朽的价值!

圣地和乐土

在那里。在那青海湖的东边,
风一遍遍,吹过了
被四季装点的节日。
尽管我找不到鸟儿飞行的方向,
但我却能从不同的地方,
远远地眺望到
那些星罗棋布的庄郭。
并且我还能看见,两只雪白的鸽子,
如同一对情侣般的天使,
一次又一次消失在时间的深处!
在那里——天空是最初的创造,
布满了彩陶云霓一样的纹路,
以及踩高跷人的影子,这样的庆典,
已经成为千年的仪式!
谁是这里的主人?野牦牛喉管里
喷射的鲜血,见证了公正无私的太阳,
是如何照亮了这片土地。
在那里。星月升起的时间已经很久,
传说净化成透明的物体。
这是人类在高处选择的
圣地和乐土。在这里——
河流的光影上涌动着不朽者
轮回的名字。这里不是宿命的开始,

而是一曲光明和诞生的颂歌。
无数的部族居住在这里，
把生和死雕刻成了神话。
在那里。在高原与高原的过渡地带，
为了生命的延续，颂辞穿越了
虚无的城池，最终抵达了
生殖力最强的流域。在那里——
小麦的清香从远处传来，温暖的
灶坑里烘烤着金黄的土豆。
在那里——花儿与少年，从生唱到死，
从死唱到生，它是这个世界
最为动人心魄的声音！
不知有多少爱情的故事，
在他（她）们的对唱中，潜入了
万物的灵魂和骨髓。在那里——
或许也曾有过小小的纷争，
但对于千百年来的和睦共处，
它们又是多么的微乎其微。
是伟大的传统和历史的恩赐，给予了
这里的人民无穷无尽的生存智慧！
在那里——在那青海湖的东边，
在那一片高原谷地，或许这一切，
总有一天都会成为一种记忆。
但是这一切，又绝不仅仅是这些。
因为在这个星球上，直到今天
人世间的杀戮并没有消失和停止。

在那里——在那青海湖的东边!

人类啊!这是比黄金更宝贵的启示,

它让我们明白了一个真理——

那就是永久的和平和安宁,只能来自

包容、平等、共生、互助和对生命的尊重!

而不会再有其他!

雪的反光和天堂的颜色

一

这是门的孕育过程

是古老的时间,被水净洗的痕迹

这是门——这是门!

然而永远看不见

那隐藏在背后的金属的叹息

这是被火焰铸造的面具

它在太阳的照耀下

弥漫着金黄的倦意

这是门——这是门!

它的质感就如同黄色的土地

假如谁伸手去抚摸

在这高原永恒的寂静中

没有啜泣,只有长久的沉默……

二

那是神鹰的眼睛

不,或许只有上帝

才能从高处看见,这金色的原野上

无数的生命被抽象后

所形成的斑斓的符号

遥远的迁徙已经停止

牛犊在倾听小草的歌唱

一只蚂蚁缓慢地移动

牵引着一丝来自天宇的光

三

蓝色,蓝色,还是蓝色

在这无名的乡间

这是被反复覆盖的颜色

这是蓝色的血液,没有限止的流淌

最终凝固成的生命的意志

这是纯粹的蓝宝石,被冰冷的燃烧熔化

这是蓝色的睡眠——

在深不可测的潜意识里

看见的最真实的风暴!

四

风吹拂着——

在这苍秋的高空

无疑这风是从遥远的地方吹来的

只有在风吹拂着的时候

而时间正悄然滑过这样的季节

当大雁从村庄的头顶上飞过

留下一段不尽的哀鸣

此时或许才会有人目睹

在那经幡的一面——生命开始诞生

而在另一面——死亡的影子已经降临!

五

你的雪山之巅

仅仅是一个象征,它并非是现实的存在

因为现实中的雪山,它的冰川

已经开始不可逆转地消失

谁能忍心为雪山致一篇悼词?

为何很少听见人类的忏悔?

雪山之巅,反射出幽暗的光芒

它永远在记忆和梦的边缘浮现

但愿你的创造是永恒的

因为你用一支抽象的画笔

揭示并记录了一个悲伤的故事!

六

那是疯狂的芍药

跳荡在大地生殖力最强的部位

那是云彩的倒影,把水的词语

抒写在紫色的疆域

穿越沙漠的城市，等待河流的消息

没有选择，闪光的秋叶

摇动着羚羊奔跑的箭矢

疾风中的牦牛，冰川时期的化石

只有紧紧地握住手中的法器

占卜的神枝才会敲响预言的皮鼓

七

你告诉我高原的夜空

假如长时间地去注视

就会发现，肉体和思想开始分离

所有的群山、树木、岩石都白银般剔透

高空的颜色，变幻莫测，隐含着暗示

有时会听见一阵遥远的雷声

我们都不知道什么是最后的审判

但是，当我们仰望着这样的夜空

我们会相信——

创造这个世界的力量确实存在

而最后的审判已经开始……

八

谁看见过天堂的颜色？

这就是我看见的天堂的颜色，你肯定地说！

首先我相信天堂是会有颜色的

而这种颜色一定是温暖的

我相信这种颜色曾被人在生命中感受过

我还相信这种颜色曾被我们呼吸

毫无疑问,它是我们灵魂中的另一个部分

因为你,我开始想象天堂的颜色

就如同一个善于幻想的孩子

我常常闭着眼睛,充满着感激和幸福

有时泪水也会不知不觉地夺眶而出……

自 由

我曾问过真正的智者

什么是自由?

智者的回答总是来自典籍

我以为那就是自由的全部

有一天在那拉提草原

傍晚时分

我看见一匹马

悠闲地走着,没有目的

一个喝醉了酒的

哈萨克骑手

在马背上酣睡

是的,智者解释的是自由的含义

但谁能告诉我,在那拉提草原

这匹马和它的骑手

谁更自由呢?

尼 沙

尼沙,是一个人的名字?

或者说仅仅是一个词

没有任何实际的意义

要不就是一个真实的存在

是这个地球七十亿人口中的一分子

不知道,是不是更早的时候

你们曾漫步街头

你们曾穿越雨季

要不直到如今,你还怅然若失

还能回想起那似乎永远

遗失了的碎片般的踪迹

或许这一切仅仅是个假设

尼沙,注定将擦肩而过

当一列火车疾驰穿过站台

送行者的眼睛已被泪水迷蒙

再也听不到汽笛的鸣叫

这片刻更像置身于虚幻的场景

当然,这可能也是一个幻觉

尼沙,或许从未存在过

无论是作为一个人,还是

作为语言中一个不存在的词

它只是想象中的一种记忆

永远无法判定有多少真实的成分

因为隔着时空能听到的
只是久远的模糊的声音
我不知道,你是否真的
开始过无望的漫长的寻找
如果不是命运真的会再给你一次机会
可以肯定,你敲开的每一扇门
它只会通向永恒的虚无,在那里
有的只是消失在时间深处的影子
你不会找到半点你需要的东西
尼沙,是一个真实的存在还是幻想
我想,无须再去寻找更多的证据
因为从那双动人的眼睛里,是你
看见过沙漠黎明时的微光
闪耀着露水般晶莹的涟漪,你的
脸庞曾被另一个生命分泌的气味和物质
笼罩,那裙裾飘动着,有梦一样的暗花
你还记得,你匍匐在这温暖的沙漠上
畅饮过人世间最美最甜的甘泉
而这一切,对你而言已经足够

尼沙,是否真的存在并不重要……

随笔 诗歌的本土写作和边缘的声音(节选)

在今天,让新自由主义思潮和资本逻辑横行,新自由主义的思想和主张以及资本逻辑之所以能大行其道,那是因为不断加速的全球化进程。为它们提供了似乎谁也无法阻挡的传播空间。当下,我们感到这种威胁越来越严重,资本的自由入侵,以及它所带来的"只为疯狂营利"的唯一市场逻辑,已经给我们的文化传承和发展,造成了极为不利的影响。

资本主义,给人类带来的恶果已经显而易见,它让许多国家和政府的社会功能大大减弱,甚至让一些政府在社会保障、教育、卫生、文化等方面的服务变成了缺席者。这种可怕的利益逻辑,既抹杀了文化的特性,同时又让我们生产的文化产品开始同质化和趋同化。在这方面我们有许多例证,比如对好莱坞电影生产模式的追捧,就使不少国家的民族电影业遭到了毁灭性的打击,这种情况在第三世界国家中尤为严重。一味追求票房,已经成为衡量其作品价值的一个可怕的标准。如今,这种只追求商业价值的情形,对真正有价值的文化发展所造成的损害,超过了历史上的任何一个时期。许多国家和地区,毫无秩序地、过度地开发旅游,对本应该保护的原生态文化,也进行了破坏性的商业利用。最让人不可接受的是,这种与灾难完全可以画等号的经济文化模式,却在必须尊重市场规律的幌子下,被许多新自由主义的宣教者,拿到无数国家去兜售,并在这些国家建立起了自己的"商业"文化王国,其结果只能是,那些被传承了数千年的地域文化,不同民族的语言、文字以及独特的生活方式,无不面临着死亡和消失的考验。

除了这些之外,新干涉主义带来的诸多问题,也在地球的许多地方开始显现。在中东,特别是在伊拉克、埃及等地,战火不断,在原有的政治社会秩序被破坏之后,新的政治社会秩序并没有真正地建立起来。由此,我们不得不去深层地思考,不同文明、不同价值体系、不同宗教信仰、不同文化背景的国家和民族,如何去选择和建立更合乎自己的社会制度以及发展道路,如何更好地为建立一个更加和平的世界而开展积极的建设性的对话。面对这样一个世界,为什么我要如此坚持和强调诗歌的本土写作呢?其实,我上面的表述已经说明了很多问题,这也是我要反对新自由主义的一个根本原因。当然,无可讳言,我是站在全球范围这样一个角度来讲的。作为生活在地球村里的一个诗人,我想无论我们生活在这个世界的哪一个区域,我们捍卫人类伟大文明成果的神圣职责,是永远不可放弃的。从人类道德的高度而言,当这种珍贵文明的基础,在被动摇的时候,我们只能选择挺身而出,而不能袖手旁观。不过需要进一步阐释的是,我所主张的本土写作,是相对于这个世界更大范围而言的,是对新自由主义"全球化"思潮的一种在理论上的反动。更为恐怖的是,由跨国资本控制和自由市场所形成的力量,毫无疑问对文化多样性的危害是最为致命的,这绝不是我危言耸听,在亚洲,在非洲,在拉丁美洲,这样的例子层出不穷,乌拉圭著名作家爱德华多·加莱亚诺的《拥抱之书》,就深刻地揭示了这一问题的本质。在这里,需要说明的是,我不是在探讨一般意义上的人类在发展中存在的问题,更不是要否定人类在工业文明和科技进步方面所取得的巨大成就。我想要表述的是,这个世界上的任何一种文化,哪怕是最弱势的文化,它也有无可辩驳的独立存在的价值。但是,令我们感到不安的是,今天的市场逻辑只要求文化产品的商业价值,而把许多具有精神价值的文化产品弃之一旁。诗歌的本土写作,说到底就是要求诗人在任何时候,都应该成为自己所代表的文化的符号,都应该义无反顾地代表这个文化发出自己必须发出的声音。诗人,据我所知,其从来就不是一个职业,而是一个人所共知的社会角色,从某种角度来讲,就如同但丁对于意大利,普希金对于俄罗斯,密茨凯维奇对于波兰,叶芝对于爱尔兰,诗人在更长的历史时空中,其承担的社会角色,毫无疑问就是他的祖国文化的第一代言人,同样也是他的民族的无可争议的良心。在这个消费至上和物质主义的时代,或许已经有不少人开始怀疑诗人在今天存在的价值,对此不用担心,因为只要有人类存在,人类伟大的文明的延续就不会停止,而作为人类文明最重要的精神支柱之一的诗歌,就不会丧失其崇高的地位和重要的作用。当今诗歌除了其固有的审美作用,以及用词语所创造的无与伦比的人类精神高度外,还勇敢地承担起了捍卫人类伟大文明的重任。我们一定要清醒地看到,今天的诗歌写作,已经不仅仅是诗人的个体活动,当面对强大的国际经济强权的压迫时,一个世界性的诗歌运动,正在地球的许多地方开展,而这一诗歌运动本身,正以自己独特的方式,去抚慰生活在不同地域的人们的心灵,并用诗歌点燃的火炬去引领人类达成一个更符合人的全面发展的新的理想目标。

胡的清

1957年生于湖南常德。曾获湖南省文学艺术创作奖、《芙蓉》文学奖等。著有诗集《月的眼》《有些瞬间令我生痛》《梦的装置》《童年巴士》《与命运拉钩》。

代表作　萤　照

点燃最小的灯
到河边去
到草丛去
到夜的肌肤里
包着玻璃的光线
捕捉不到的
单纯的欢乐中去

迷人的小东西
唯有你的火
熬不干生命的油：
当永夜来临
你是我眼眸中
最后一滴
亮光

【新作】裸露的事物

表盘外的光阴

红灯亮时，穿绸衫的老者
向我询问时间。他解下腕表
认真对时，精确到细小的秒针

当他郑重其事拧紧发条
表盘里的光阴，着魔似的
飞旋起来

绿灯亮时，穿绸衫的老者
从容横过斑马线。一抬脚
迈过时间的栅栏

裸露的事物

一场骤雨将我阻隔
从迈出的时间抽回
置身室内
心，却执意留在雨中
和裸露的事物一起

任雨水冲刷、荡涤

窗外,街道两旁的树木
奋力撑着伞形冠
行人尖叫、奔跑
车辆却因拥堵而缓行
雨刮器飞快打着
"不"的手势

我看见透明的雨丝
将裸露的事物洗净
像火,使暗淡的物质
发光
雨拂去尘埃
显现世界的本质

时间在钟表里打旋

时间在钟表里打旋
像一头困兽
隔着表壳叫喊:
放我出来!

许多人听不见
许多人本身
就是一架计时器

将时间囚禁着

谁能够从他们的命里

取出时间

如同从太阳里

取出火焰?!

月光下晃动着一大片芦花

月光下晃动着一大片芦花

那密密的,厚厚的,茸茸的白啊

把月亮的旧褂子

漂得白花花的了!

我未曾见过这样的芦花地

只是一个人

悄悄站进

你描绘的夜色里

我站得太久了

那密密的,厚厚的,茸茸的白啊

把灵魂的旧褂子

漂得白花花的了!

草　莓

最美的爱情
悬挂在草丛
风经过时
也有了妊娠反应

追随着自己的命运
风
去了
还会回来吗?

在腐烂绷紧的距离里
读这些咯血的诗句
要赶在
时间的阵痛之前

盟　约

从认识一朵雏菊般的浪花开始
我认识了大海
空蒙和蔚蓝
圈出人生大牧场
放牧我这颗心

把情书写在海上
把盟约写在海上
把梦呓写在海上
把遗书写在海上

自从与海建立了联系
我的血液
就被天体的旋转牵引着
形成看不见的潮汐

潮起时,一丛丛打开的巨浪
将我举高,推向浩瀚
潮落时,将我放下
回到低处,检视自己的内心

谁带我走过星夜

巴音布鲁克的夜呵
青草疯长抬高了天空
星斗下坠,如沉思者的头颅
闪烁智性的光辉

宇宙动用了多少黑暗挤压我
当我抬起头,目光触及的星子们
发出尖叫——是我体内的黑
将它们打磨得更加炫眼!

我要寻找白天见过的那个盲孩
他向路人伸出小手
此刻,他在哪里眺望星空?
我要找到他,让他拉住我的手
走过灵魂裸现的夜路……

一碗清水

生活呵,是盛在碗里的清水
一个眼神也能让它起皱!

生活呵,是往一碗清水里
悄悄放进丁点儿盼头

是把心和身子一次次拧紧
拧紧了又松开——但是要当心呵

生活这一碗水,得好好端着
哪怕被巨大的幸福击中
不能晃动……

美声唱法

一声鸟啼,紧接着一声
又一声。一串串穿起来

再抖开,大把大把播撒
纯金的种子。我听出是两只鸟儿

在那里一唱一和。就在隔壁
那一对夫妻,平日里总是
恶语相向。仿佛一起生活了
几辈子,早就烦透了对方

森林离我们远去。两只鸟
在城市的肢体上,迷失了形状毛色
甚至属于自己的属性和名称
但这并不妨碍我的想象

把他们——我是说两只鸟
在脑海里描绘,挥霍优美的线条
色彩,却始终无法表现
那种琴瑟和谐的音韵

就在隔壁,那一对夫妻
同时拉开窗帘,探出头来谛听
我看见他们抿住嘴唇
温柔地,对视了一会儿

千年之祭

——悼昌耀

诗人死了
一个本质痛苦的诗人
一个周身布满最敏锐的疼痛神经的诗人
每一个细胞都由苦难、罹祸、厄运和
巨大创痛组成的诗人。形销骨立
以惊人的勇毅,迈过千年之交的门槛
迎着新世纪的晨光纵身一跃
投入太空旷邈幽邃的背景

丧钟齐鸣
二十世纪最后一个悲情诗人死了
一个本质深刻的诗人
精神与肉体双重负重者、苦行僧
"城市里的苦瓜脸"。他的存在
未能给奉行快乐原则的人们
带来虚妄的福音。但他的消失
却令这个失去根基的世界
重心倾斜,摇晃不定

诗人之死
为新千年蒙上驱之不散的阴霾
不会有第二个诗人转世再生

以悲悯救助之心，替人类有罪的灵魂
承受酷刑。不会有第二个诗人
用词语的魔力，将地狱硫黄之火
化作天堂圣焰，烛照我们内心
幽闭抑郁的渊井。而生之残酷
源源不绝，源源不绝
诗人啊，你高贵的歌哦已赋予
青山、碧水和长风。只留下
永恒的沉默，与时光对峙

仰望雪山

如同天才现世
雪山
总是出现在幽蓝背景里
让我仰望
把目光抬高
高出凡尘
把心举起来
放到信仰的位置

从日月山到巴塘草原
大巴在高原的褶皱里颠簸
车窗外不期而遇的雪山
以通体透明的存在
一再将我提醒

发出邀约
来自恒河之外的
微小的光粒
穿透倦怠的肉体
仿佛无数苛责的眼
将我内心最隐秘的黑暗
洞穿

逼迫我抑制生理不适
对崇高与纯粹保持虔敬
对人性的弱点感到羞愧
并为自己所曾犯过
不曾犯过的罪孽
深深忏悔

在玉树
海拔四千多米高地
仰望雪山
深蓝色天空
是一副巨大的安神剂
以包容万有的沉寂
抚慰我缺氧的灵魂

随笔 断 章

一

"生活是一棵长满了可能的树",这句话是捷克作家米兰·昆德拉说的。台湾女诗人席慕蓉也表达过相同的意思:"生命是一棵大树,上面结满了各种可能的果子。"

如果我从小不是一个耽于梦想的人,如果不是从中学时就酷爱分行的句式,如果不把抄在笔记本上的习作拿去发表,我不知道,我的生命如果不像信仰宗教一样信仰文字的魔力,属于我的这一棵树上将会结出怎样"可能"的果子。但我知道,当我走过春生夏长,进入秋收冬藏之际,这些果子即使曾经,或者依然有些甘美芳香,我也不会仍然葆有一颗单纯而敏感的心,这样精心看护和细细品尝它们的万般滋味。

二

有个写诗的朋友用下面的故事阐释诗歌的意义和作用:一位双目失明的老妇在街头行乞,她不断地对路人说:"我什么也看不见,可怜可怜我吧……"诗人过去给她一些硬币,并告诉她:"现在是春天了,你说,春天到了,我什么也看不见!"老妇照他的话说,于是得到很多施舍。

而我却从中领悟到:诗歌是人的肉身从庸常的现实生活中伸出手来,向高处乞讨一缕照耀灵魂的光亮。诗人是具有大的悲悯情怀的人,最先感受人类的苦难并且勇于承担。

三

我不是一个宿命论者,但宿命的阴影总缠绕着我。有时候,那些缺陷之处呈现着无与伦比的美感,如同小提琴腹部的F洞(即音洞)一样充满魅惑。反过来说，没有缺陷的人生，就是一把没有F洞的怪异的小提琴，让音乐望而却步。

　　我对生活充满感恩之心，它用诗歌喂养了我，使我用审美对一切美的事物产生无尽的爱和遐想。当我用诗的语言将自己对世界的感受与思考呈现出来，就像捧出一个个小礼包——这是生活赏赐给我的，我将它们赠予我所爱的人来分享。当诗如泉涌时，我感到了命运对我的厚待。

　　　　　　　　四

　　前不久，在网上看到美国作家包可华辞世的消息。据报道，当他刚咽下最后一口气时，《纽约时报》的网站立刻播出一段他的影像资料，那是他生前特意为自己的葬礼录制的。这位年过八旬的老先生从屏幕探出头来，张开大嘴跟亲朋好友和爱戴他的读者们打招呼："嗨！我是包可华，我刚刚死去……"

　　在我眼里，作家和诗人就应是这样的人：永远像孩子一样对一切充满好奇，充满激情，甚至连自己的死亡在内！我想包老先生要对大家说的话里面，一定包括把一生用来写作真的很棒，来世还愿意当作家的意思。本人常有这样的想法，趁早说出来好了。

阎 安

1995年参加《诗刊》社第十三届"青春诗会",出版个人专著《与蜘蛛同在的大地》《乌鸦掠过老城上空》《玩具城》《无头者的峡谷》《时间患者》《鱼王》《整理石头》等多部。作品被译成多种文字。

代表作 **阴 影**

一座太过高大的山
(譬如连飞机和浓雾都难以到达的珠穆朗玛)
你无法观察到它的阴影

一只飞得太高远的鸟
(如果它像飞机一样　喜欢飞到云层之外)
你无法观察到它的阴影

一座大海因为有着近乎无限的宽阔的蓝
(以至于有一条鲸鱼正在深海的黑暗中嬉戏)
你同样找不到它的阴影

但如果你的内心里住着阴影
(如果你想像清除杂草一样地清除掉它们)
你必须远赴他乡找到山的阴影　鸟的阴影
和大海的阴影

新作 安　顿

瞭望者

戴宽边草帽的瞭望者
他的可疑的行程　在夏天的北方
走向高潮　他的忽而被群峰突出
忽而又被幽暗的峡谷藏匿的行程
在渐渐靠近沙漠时
明显地慢下来了

一边是草原　一边是沙地的情景
令他迷惑　他看见
一条河流摇摆着尾巴
和一条受惊的慌不择路的蜥蜴
它们结伴而行　消失般地奔赴远处

我是在一辆比河流跑得更快的卡车
一晃而过时看到瞭望者的　我看到了宽边草帽下
他的阴影都掩饰不住的迷惑
和他的在高潮中夹杂着些许落魄
而忽然停下来的旅程

地道战

我一直想修一条地道　一条让对手
和世界全部的对立面　丈二和尚
摸不着头脑的地道　它绝不是
要像鼹鼠那样　一有风吹草动
就非常迅疾地藏起自己的胆小
不是要像蚯蚓那样
嫌这世上的黑暗还不够狠
还要钻入地里去寻找更深的黑暗
然后入住其中　也不是要像在秦岭山中
那些穿破神的肚子的地洞一样
被黑洞洞的羞愧折磨着　空落落地等待报应

我一直想修的那条地道　在我心里
已设计多年　它在所有方位的尽头
它在没有地址的地址上
但它并不抽象　反而十分具体
比如它就在那么一座悬崖上　空闲的时候
有一种闻所未闻的鸟就会飞来
住上一段时间　乘机也可以生儿育女
如果它是在某个峡谷里　那些消失在
传说中的野兽就会回来　出入其中
离去时不留下任何可供追寻的踪迹

比如一个人要是有幸住在那里

只能用蜡烛照明　用植物的香气呼吸

手机信号会自动隐没

比如只有我一个人　才谙熟通向那地道的路

那些盯梢的人　关键的时候被我一一甩掉

他们会突然停下来　在十字路口

像盲人一样　左顾右盼

不知所措

我一直在修造着这样一条地道　或许

临到终了它也派不上什么用场

或许有那么一天　其实是无缘无故地

我只是想玩玩自己和自己

捉迷藏的游戏　于是去了那里

把自己藏起来

安　顿

你看到的这个世界　一切都是安顿好的

比如一座小名叫作孤独的山

已经安顿好了两条河流　一条河

在山的这边　另一条河

在山的那边　还安顿好每条河中

河鱼河鳖的胖与瘦

以及不同于鱼鳖的另一种水生物种

它的令人不安的狰狞

天上飞什么鸟　山上跑什么狐狸　鼠辈
河湾里的村庄　老渡口上的古船
这都是安顿好的

你看到的这个世界　安顿好了似的世界
还有厚厚的大平原　有一天让你恍然大悟
住得太低　气候难免有些反常
而你也不是单独在这个世界上
下水道天天堵塞　许多河流　在它的源头
在更远处是另外一回事情　许多的泥泞
和肮脏　只有雷电和暴风雨才能带走

你看到的这个世界　被一再安顿好的世界
今天令你魂不守舍　你必须安顿好
愤怒的大河从上游带下来的死者
河床上过多的堆积物　隔天不过就发臭的
大鱼　老鳖　和比钢铁更坚固的顽石

你看到的这个世界　别人都在安顿自己
你也要安顿自己　但这并非易事
你必须在嫉妒和小心眼的深处　像杀活鱼一样
生吞活剥刮掉自己的鳞片
杀掉自己就像杀掉另外一个朝代的人
杀掉自己就像杀掉
一条鱼

接下来　时光飞逝
可能大祸临头甚至死到临头了
你依然是一个魂不守舍的行者
还在路上　为安顿好自己
还有世界内部那地道一样多疑的黑暗
匆匆赶往别处

杀生之美

我模仿着某种野兽的样子
引颈高叫着
而树丛中的鸟愈发沉默

被震落的树叶　仿佛不幸中弹的鸟儿
缓慢而略带迟疑地从高处飘落下去
在草丛里深深隐藏起来

协调者的峡谷

我曾是一个赶鸟的人
在北方的群山深处　从一座巅峰
到另一座巅峰　从一座峡谷到另一座峡谷
从一座树林到另一座树林
不断协调鸟与鸟
与树林子　与庙宇里冰冷的神和热气腾腾的香火
与潜伏在荒草中的属羊人和属虎人的关系

我甚至还得协调日月星辰
及其它们之间的关系
协调一场雾到来或离去之后
它们之间的关系

我不仅仅是用棍棒　同时也用语言

那些听着我说话长大的鸟
有时候它们会成群结队
飞向南方
(如果路过秦岭
不慎折翅而死那是另一回事)
在南方　鸟们落下去的地方
它总会叫醒那里的一些山水
另一些山水　继续着一种古已有之的睡眠
喜欢啼叫的鸟们
也会无奈而沉默地在寂静里
走一走　并不惊醒它们

我曾经长久地在北方的高山里
做着赶鸟的工作　与鸟对话
等待各种不同的鸟
自各种不同的季节　不同的方向
飞来又飞去

飞机在绝望的蓝中飞着

上面是蓝

下面也是蓝

在无限的　仿佛连方向都不存在的蓝中

飞机好像很慢地飞着

这无声无息的无限之蓝

它几乎控制了飞行的颤抖

使其只是微微战栗

使白晃晃的阳光透着某种生硬的冰凉

飞机在这几乎有些绝望的蓝中飞着

就好像她是在飞越

一场快要接近灭绝的虚无

整理石头

我见到过一个整理石头的人

一个人埋身在石头堆里　背对着众人

一个人像公鸡一样　粗喉咙大嗓门

整天对着石头独自嚷嚷

石头从山中取出来

从采石场一块块地运出来

必须一块块地进行整理

必须让属于石头的整齐而磊落的节奏

高亢而端庄地显现出来
从而抹去它曾被铁杀伤的痕迹

一个因微微有些驼背而显得低沉的人
是全心全意整理石头的人
一遍遍地　他抚摸着
那些杀伤后重又整好的石头
我甚至目睹过他怎样
借助磊磊巨石之墙端详自己的影子
神情那样专注而满足
仿佛是与一位失散多年的老友猝然相遇

我见到过整理石头的人
一个乍看上去有点冷漠的人　一个囚徒般
把事物弄出不寻常的声响
而自己却安于缄默的人
一个把一块块的石头垒起来
垒出交响曲一样宏大节奏的人
一个像石头一样具有执着气质
和精细纹理的人

我见到过的整理石头的人
我宁愿相信你也见过
甚至相信　某年某月某日
你曾是那个整理石头的人
你就是那个整理石头的人

玉树:那些蓝色的湖泊

越过黄沙万里　　山岭万重
越过通天河之上十万座雪峰送来的
十万条神曲般的等待奔赴的河
和奔跑着十万个黝黑云朵的大草原
就能见到那些蓝色的湖泊
那是星星点灯的地方
每天都在等待夜幕降临

那些只有北方才有的不知来历的石头
在湖边像星座一样分布　　仿佛星星的遗骸
等着湖泊里的星星点灯之后
他们将像见了失散多年的亲人一样面面相觑

不由分说偷偷哭泣一番
我相信那些湖泊同样也在等待我的到来
等待我不是乘着飞行器　　而是一个人徒步而来
不是青年时代就来　　而是走了一辈子路
在老得快要走不动的时候才蹒跚而来

北方蓝色湖泊里那些星星点亮的灯多么寂寞
湖边那些星座一样的巨石多么寂寞
它们一直等待我的到来　　等待我进入垂暮晚境
哪儿也去不了　　只好把岸边的灯

和那些在巨石心脏上沉睡已久的星星

一同点亮

随笔 我怎样居住在时间之中

一

诗歌是一种混血的艺术,它至少要将四种东西:语言、音乐、美术、建筑有机地综合在一起。血意味着极端的纯度,血的融会和演绎是文明内部不断向内的重新生成与创造过程,依靠这一过程,人从生命中不断提炼和绽放滚烫而触目惊心的时间之美,这决定了它过去是、现在是、将来也永远是关于时间的艺术。在此基础上,它最高状态是朴素和炉火纯青,是近乎创世般的绝对的精确性,同时洋溢着貌似漫不经心的生命感和透彻如世界本身的色彩的活力,仿佛浑然天成。

二

设想时间是一头怪兽,或者一个神,它居住在人所不及抑或不知的偏僻之处或高远之处,守着事物和世界的另一个界限,守着某种秘密。世界是一个时间现场,也是一个物质现场,人是最容易迷失自我的事物。一定要有这样的界限和秘密,不停地平息一切时代那种试图渗透语言的现场性、物欲性策略和动机,使其就像重重叠叠的泡影一样,以比诞生更加迅疾的速度破灭着。我们必须目睹和经历这种破灭。

这就是说,语言的使命是无限接近时间的源头或时间本身,让时间去澄清生命本身的华丽或者无足轻重,带着饱满或残缺探索永恒与完美的可能性,人的那种脆弱而又生生不息的可能性。

在文明的中心,在人普遍迷失的时代一再出现之时,我们必须重新开始,重新想象一头怪兽或者一个神所代表的界限与秘密存在,像剔除赘肉或密密麻麻的低级寄生物一样，还原那具有飞翔品质诗歌的纯粹肉身与生命。

三

　　诗人的写作仅有历史意识是远远不够的，还得有时间意识；仅有人类意识是不够的，还得有地质、行星、恒星甚至宇宙意识。在宇宙的耐力和广阔中看人的事情，人尤其值得关怀和怜悯，而这也正是语言天然禀赋中包含的终极性本质和秘密。我的诗歌理想就是我不会只对人类写出诗句，我的诗句的毛孔是面向整个世界和全部存在敞开的，那是一种极其微妙的展开、对接、提炼、综合，它既与源头息息相关，又能涉及并抵达现代物质世界的任何一种形态、任何一个终端。在我看来，现代诗性的梦想和使命就是要总括无限世界，就是要提炼和概括充满了稀释、排挤与虚假的庞杂而表象的物质世界，留下那跟虚无同样纯净无瑕的世界及其真实。现代诗性必然要协调和清理所有的物质，并赋予自己存在的必然性，唯其如此，人才不至于在终极意义上被物质所颠覆，在物质面前确保自己的独立尊严，确保人对物质的胜利。

四

　　我们的现在并不在现在，而是在时间之中。现在的一切事物和一切存在，包括一个表情代表的完整细节，甚至在一粒精确的微尘之中，时间的启示无处不在——

　　我们居住的地方并不是本地，而是被时间随时移动的异乡，时间用它的面具随意而频繁地包裹着它们，本地就是异乡。我居住在我们小小的文明史中，浑身裹满了各式各样被既有文明强行定制的铠甲，很久以来，在这样的文明中我已特别地不耐烦，特别地魂不守舍，在远方我遇到了一块野地里的石头，仿佛时间的种子，你不会知道它来自何处,但你能感受到它里面所包含的时间,那是一种使文明史叹为观止、相形见绌的时间,我和我的时代只是它的一个变动不居的镜像而已。

　　这时,我必须像住在外地一样住在本地,或者直接住在时间之中。当此之时,我百感交集,成了一个文明内外热衷语言游戏和最高自由的人。我开始成为一个用诗歌探索自己和世界的人,为没有指定对象和目的的时间服务,忘我而沉迷。

王自亮

1958年出生,浙江台州人。1982年参加《诗刊》社第二届"青春诗会"。著有诗集《三棱镜》《独翔之船》《狂暴的边界》《将骰子掷向大海》等,随笔集《在地图上旅行》《那种黑,是光芒本身》等。

代表作 猛虎颂

要是有大片沼泽,间或峻岭
要是我的心如此这般荒凉
要是我的额头有阳光攀缘而上
要是,夜色中我的手臂能化为月光
要是整座花园盛不下一朵虚无
　　而那枝蔷薇却决意放逐星空

那只斑斓猛虎定会一跃而起
而心,这孤独的猎手,陡然收紧

那血痕,那洞穴之光,那阵气息
那种猫的步态,那道迷离之影
那种超然的执着,猛烈的寂静
那些皮毛纹理,大地的皱褶
那些琥珀色爪牙,黎明的号角
那阵狂风之后不成体统的狼藉
那道烈日下叶脉错落展开的秩序
那块兀自沉睡的巨石
　　以蚂蚁的速度进入梦境
那条碧绿的溪流停止流动
　　揭开蟋蟀歌唱之前的宁静

亚洲的爱、血的火炬和灰色丘陵
在召唤着我心中的虎,虎中之虎

一只奇异的虎,一只华丽的虎
一只为爱情诞生的虎,细嗅蔷薇
一只为活着而快乐的虎,追捕影子
一只符号的虎,在思的迷宫徘徊
一只盲目的虎,在死的道路上狂奔
一只玩着扑食游戏的虎,嗜血的本质
　　　从未改变,却在世纪的曙光中
　　　回想起令上帝惊异的图景
一只虎,只是虎,因为来自一颗心
　　　来自我的心,在变成真实之虎的途中
　　　如此形单影只,如此夜色昏沉,如此迷惘
只是虎,但它是亚洲虎,深沉而勇猛

哦,狂放的风。舒展的花瓣
虎中之虎。冲积的心形平原——

钟表馆 〖新作〗

夏加尔

一

一头巨大而惊奇的白羊
跪坐在梦的斜坡上
到处是沮丧、哭泣和逃难的人群

夏加尔,有着俄罗斯的白
和犹太人的黝黑

不,那是维台普斯克
鱼桶上的盐水在闪耀

二

站在窗前的孩子
被日光照耀得昏迷过去
哦,白衬衣、卷毛狗、醋栗树

新婚妻子漫不经心地
飞向半空,看到了令人惊惧的世界
赶紧闭上花瓣一样温柔的眼睛

有一些男人与女人
在马戏团营帐的篝火旁做爱

像一群夜色中奔腾的马
露出光滑的暗中发亮的臀部

三

夏加尔,正做着白日梦
两脚沉浸在黑暗中
身体却进入了天国

看,一只在城市上空回头的鹰
整个天空顿时变红,马厩腐烂

战争,人民委员,天才的犄角
夏加尔,怀抱蓝色吉他
以虚无的手指,弹拨幸存之歌

钟表馆

许多钟表在沉睡。没人能指出
一次滴答所耗费的帝国银两:
流动的运河,无止境的游戏。
也没有人记载,行围狩猎时,
夕阳的一片金黄色中,无数支
穿透天空的箭镞,如何带着

时间的血迹,返回珐琅的钟面。

在钟表馆,没有人会去校准
难以叙述的"此刻",以免碰坏
无数个特别的过去。唯一的心情
是制止那个著名的伦敦钟表匠,
与帝王合谋,砍下志士的头颅。
不再怀念山冈上徘徊的起义者,
也没有人在宫殿一角注意到
那形形色色的钟,怎样走时报点:
开门、奏乐与禽戏,更多的用途;
没有谁留心究竟是发条,还是
惊奇的坠砣,带动齿轮毕生劳作?

在钟表馆,没有多少人想知晓
一个雨天的闲谈中所割让的疆土,
了解大臣与时钟,献媚的技艺。
从朝廷的传言,到斩首的邀请,
情形复杂得像钟表无与伦比的内部;
人心的法则却如指针那么简洁,
有时成一个夹角,有时如一支响箭。

对　仗

初夏。国家湿地公园。

远近大片绿树疯长,
带着毒素之魅和重金属尖叫,
还有雾霾的沉默,
对应王维湿了衣裳的空翠,
和陶渊明的墟里轻烟。

它们相隔千年,
却像时间杰作中
一个对仗工整的句子,彼此呼应。

落　日

这个日益复杂的世界此刻被简化,
简化成一条地平线,
不完全直,近似弧形。
一个圆球,内部的黄金液体,
在沸腾中彼此撞击。

然后是:佑护一只金蛋的
无边大地,还有黑暗,
体温缓缓下降的黑暗。

最后,
是一只蝼蚁的遗体告别仪式。

天　空

站在这片天空下，

会有一种幻觉：这是一个布景。

这片天空在模仿艺术，

而非相反。

这不变的天空，是宗教，

是"永恒"的具象。

隋　梅

——献给章安大师，佛教天台宗五祖灌顶（561—632年）

微微闭上眼睛，他在苦修。

默想寺门口的一棵梅树，

默想洁白的花瓣，驱驰的马，

花萼微卷，涧水回澜。

没有人敢于惊动他，阳光灌顶。

树根起伏如腹部，块然

似黑色岩石，或一堆蟒蛇。

灌顶头上落满冬日意象，

比如，倒灌的风，典籍与幽蓟。

他想起了一生，想起

乘冰北行的绝望岁月，

忆及马陷身存的可怕情景，

花瓣出声，落满他的衣襟。

在手植的梅树下,
灌顶什么都能想起,记忆之树
必定根系发达,意象缤纷——
多年后将有一个修正历法的人,
来到山门,见证水往西流的奇迹;
也想起往昔,智者属意天台,
流汗负箧,一路刨榛辟莽。
灌顶在梅树下似睡非睡,
四肢没有动弹,却能"体解心醉",
深知一切,哪怕是一处裂隙,
咒幔、铃杵和水晶的光芒。
三天下来,论辩获胜却遭贬抑,
获胜过于容易,信者云集——
那就是罪,就是大不敬。

唯一陪伴灌顶的,
只有寂静的梅花和奔涌的溪流。
而梅树是需要目光养护的,
春来秋往,纸鹞也变成大雁了。
灌顶在梅树下枯坐,
低头刹那,思绪涌来如东海:
在语言的深处,在神迹的浪头。
雪,就是铺陈大地的字纸,
池塘之鹅,一笔难成,而影子
在水中,在千山万壑之上,

灌顶微微闭上眼睛,他惯于独坐,
默想寺门口的一棵梅树,
默想:为何身世纠结如根,
思想却如梅花盛开?

青海·昌耀

青海,仅仅因为是昌耀的青海

海一样青的青海
自古以来就等待着昌耀
来勾勒与呈现
以汉语、藏语、土伯特语

青海的群峰有斧劈的
也有刀削的
用一万双手垒成的

青海有青海湖
塔尔寺、可可西里、嘉那石经城
此刻,在昌耀的刻画下
都泛出湖青色的光

沿途的荒芜
由雪峰的惊奇予以补偿

昌耀,让转经筒轻轻地转动起来
让佝偻的背影,砂石一般的手
围住石头、花朵与祷词

昌耀,向死而生,以世为界
在最后一刻,还向

一个美丽的女子索取
荒凉与华丽:以诗篇
以唐蕃古道上失落的衷肠

以纵身一跃

水嘛呢

一

把经文刻上石头。
把刻上石头的经文抛入水中。
把整条河流,化作祈祷的水波。

在水中,藏语经文
得以浸润、冲刷、洗磨。
光抵达水面,水进入
经文,石头反射光:词语之光。

水抚摩石头,波纹如梦,

多少年后,当这条溪涧
成为世上唯一流淌着文字的河流。

二

神迹,就是隐秘的喜悦,
向着通天河,一路奔涌。

一切由声音显现,
连聋人也听到了。

简单的愿望。少量的祈求。
水流的声音。经文的光芒。

人、牦牛和马匹,
渐次来到,惊愕得互相注视。

水中的经文石,开始游动——
无数条永恒之鱼,朝着光的源头。

三

站在河岸的人,期待着
那些水声喧哗成一句含混的经文,
却因等待丧失了嘴唇。

再也不能让那双眼睛,

被光线、词和水波掳掠而去。
祈愿,无须以失明为代价。

高原色相

——玉树印象

唐古拉山,
从北坡渗出澜沧江,
南麓流出长江。

通天河,漩涡套着漩涡,
羊皮筏子在祈祷。

对面的巴颜喀拉山,
淌出黄河。

峡谷的豁口,
云,像巨兽狂奔,
扑向愤怒的太阳王。

在这里,死亡没有回声。
溪涧中雪水一路奔涌,
汇入村落与洼地。

风刮落滚石,

卡在岩缝。
骤雨,沿着屋顶走马。

雪后初霁。藏羚羊从地平线涌出,
野牦牛、白唇鹿与雪豹
追随其后。

可可西里,你的音节
就像光芒的马蹄,
踢伤黑砧铁。

随笔 诗歌作坊里永远的学徒

  1982年夏天,我接到通知,参加《诗刊》社举办的"青春诗会"。

  那一年我24岁,第一次来到北京。经过旷阔的华北平原,看到小叶杨被风压弯了腰,复又挺拔而起;青草起伏,沟渠纵横,土地一望无际。远处的土坯房孤独而倔强,就像那些北方汉子。江南湿润而分割的风景,被北方的辽阔和连续所取代。在北京,我被建筑、古迹和街道震慑,让悦耳的儿化韵,有轮有廓的北方脸型给迷住了。对紫禁城的压抑、幽暗和幻影,却充满了下意识的拒斥。"十三陵"墓群,简直是个完整的梦魇。

  对我来说,这意味着"八十年代"真正开始了。

  诗艺和世界之门,是同时开启,慢慢打开的,而关闭的可能性却确凿存在。就我而言,南方才是基点。泛浆的道路,雨中的梅子,西码头的晨雾,容貌姣好的女子,潮汐、庙宇、八爪鱼、烈日下的樟树,大陈岛的巉岩,一个个远比海明威生动的船老大,是我所需的人间图景和象征系统。参加"青春诗会",还意味着北方向我敞开,为此我写出了一系列北方的诗歌。这不仅是地理性偶遇,更是心灵事件。

  然后是一连串的变动,人事纠葛,突发事件,多次转身。世界巨大的身影在我细小的眼睛里,投下了一系列梦魇般的轮廓。现代性是个故事,先锋很像后卫。两次纽约,六十天日本,偶遇的大马士革,泛着微光的琉森湖,青藏高原与横断山脉。生活在别处,更在内心。我像一条鱼被炙烤着,翻转就是颠覆,一根铁丝穿过全身,不只是倾覆,更像死亡。

我终于发现，这是个共时性的世界。从欧洲到中东，从俄罗斯到美国，人类精神的痕迹，就像地质年代纪一样，层层叠叠向我涌来，从史前到后工业的各种生活方式共存着，纠缠着，盘绕着。我，算是见识了生活。

生活是一回事，写出来又是另一回事。人们都说写作是一门手艺，但我始终是个青涩的学徒，没有告别学徒期。其实这是更加狂妄的说法，因为标杆抬升了。"向上帝挑战"，我既无胆量也没有资本。那些不谦恭的话，即使再胆大妄为，也难以启齿。

到了二十世纪九十年代，流派林立，王旗变幻。非非，非非非，达达，达达达，我一概没有时间也没有资格参与，我压根没有想过什么"强行进入文学史"的荒唐事儿，所以也就免去了为自己编写谎言的痛苦。三十二年间，我只是见缝插针地记下诗句，披肝沥胆地写作一二。积累至今，有长长短短三四百首诗歌。

借工作之余大量阅读。越读胆子越小，越读越想尝试。可能，鲁尔福，克劳德·西蒙和卡彭铁尔对我诗歌写作的影响，不亚于兰波、惠特曼和沃尔科特，列维·斯特劳斯的人类学著作，抵得上三打诗学高头讲章，虽然我对好的诗学抱有深深的敬意。语言逻辑哲学比后现代文学理论更吸引我，对午夜出版社胆识和眼光之激赏，也超过了我对企鹅丛书的敬仰。即使是诗歌本身，我愿意接续的是《离骚》与《野草》的传统。在屈原和鲁迅那儿，既有人事，也有自然。

现实世界中，有三个人对我影响至巨。第一位，是已八十三岁高龄的诗人洪迪先生。我们之间有着一场马拉松式的对话，时间长达三十二年。2008年初夏，他那一记"你已五十，知天命否"的棒喝，使我重操旧业，而大量地写诗。第二位，是我的诗歌启蒙老师邵燕祥先生。时隔三十年，再次见到邵燕祥老师，我的文学道路的直接指引者，了不起的精神强者，当他张开双臂拥抱我的时候，说了一句："自亮，我们可是多年没见了!"两位老人传递给我的,不仅是温情和力量,更是智慧、正直和爱。第三位,是我在1982年7月"青春诗会"认识的,刚到《诗刊》工作的唐晓渡兄。正是他,近年重逢之后,传递了一个兄长的友情、视野和关切。他的文学批评,他对世界和中国诗坛的总体把握,他的诗学观念,给了我一份格外珍贵的警醒、激情和理性。

从事诗歌写作三十五年来,至少我懂得了一个道理:自由是首要的,人性是可以勘探的,爱与歌唱同样美妙。诗歌,指引我们拒绝兽性,热爱生活,保持人类与生俱来的活力、血性和敏锐。

臧 棣

1964年生于北京。文学博士。1997年参加《诗刊》社第十四届"青春诗会",曾获《作家》年度诗歌奖,现为北京大学中国语言文学系教授。著有诗集《燕园纪事》《风吹草动》《新鲜的荆棘》《沸腾协会》《宇宙是扁的》等。

代表作 作为一个签名的落日丛书

又红又大,它比从前更想做
你在树上的邻居。

凭着这妥协的美,它几乎做到了,
就好像这树枝从宇宙深处伸来。

它把金色翅膀借给了你,
以此表明它不会再对鸟感兴趣。

它只想熔尽它身上的金子,
赶在黑暗伸出大舌头之前。

凭着这最后的浑圆,这意味深长的禁果,
熔掉全部的金子,然后它融入我们身上的黑暗。

[新作] 另一种雕刻协会

读仓央嘉措丛书

小时候在四川偏僻的集市上

见过的藏族女孩，在你的诗中

已长大成美丽的女人。

你写诗，就好像世界拿她们没办法。

或者，你写诗，就好像时间拿她们没别的办法。

假如你不写诗，你就无法从你身上

辨认出那个最大的雪域之王。

美丽的女人当然是神，

不这么起点，我们怎么会很源泉。

这不同于无论神冒不冒傻气。

她们是她们自己的神，但她们不知道。

或者，她们是她们自己的神

但远不如她们是我们的神。

1987，失恋如同雪崩，我23岁时

你也23岁，区别仅仅在于

我幸存着，而你已被谋杀。

且我们之间还隔着两个百年孤独。

多年来，我接触你的方式

就好像我正沿着你的诗歌时间

悄悄地返回我自己。1989，我25岁时

你22岁,红教的影子比拉萨郊区的湖水还蓝。
1996,我32岁时你19岁;
心声怎么可能只独立于巍巍雪山。
2005,我41岁时你17岁;
一旦反骨和珍珠并列,月亮
便是我们想进入的任何地方的后门。
2014,我50岁时你15岁;
就这样,你的矛盾,剥去年轻的壳后
怎么可能会仅仅是我的秘密。

穿心莲协会

诗是平凡生活中的神秘力量
——加西亚·马尔克斯

去年种下的,没熬过冬天。
它们死的时候,我甚至不能确定
我们在哪儿?它们是被冻死的,
它们的死里,有一种说不出的轻微。
而狗的见证,也仅仅限于
狗已不再凑过去嗅它们。
为它们举行葬礼的,仿佛只是
凋萎的落叶和干硬的鸟屎。
也许旁边还陈列着蟋蟀的假木乃伊。
我仿佛收到过警告,但它轻得
像从喜鹊嘴里,掉下的树枝。

而你能推测的只是,如果这些树枝

没从喜鹊嘴里掉落,会被用来

筑起一个醒目的越冬鸟巢。

此刻,我能想到的是,假如它们

熬过了冬天,它们现在便会晃动

它们众多的名字:从印度草到苦胆草,

从一见喜到金耳钩,像试探

你的秘密一样,试探你

究竟喜欢哪一个。而它们最喜欢做的,

仿佛是绕开这些不同的别名,

用同样的苦,笔直地穿透你的心。

兼职速记

一只蝴蝶邀请另一个我

做它的速记,随它一起

去采访黑暗。很好,路口就有

一位盲人。是的。你没猜错,

我同时还是个乞讨者。

但你没猜到的,或者说你没看到的是

我每天只乞讨十块钱——

这差不多也是黑暗的一个底价。

如果你的理解力足够好,

这同时也是生命的一个代价。

我每天只乞讨三小时。

三小时以外,我便从乞丐

回到盲人。没错。这条路很短，
但是很黑。那里面的黑，
你不可能见识过。你说的没错，
我的确没看见过光明。
你以为我该很熟悉黑暗，
但你猜错了。我其实也没见过黑暗。

桑葚广场

蜗牛的桑葚之歌，
除了你，仿佛没有人听过。
它很难归类，不同于现实中
有这么多超现实的小手腕。
它倾心于生活的寂静
是一场惊心的埋伏。
只有模糊的背景音乐
还算宽厚，严格于模糊的本意，
绝不挑剔它的哑巴风格。
在它之前，那听上去很熟悉的东西
也很难归类，即使你建议它
应该像长椅上无人认领的帽子里
又扔进了几枚硬币。
乞讨者的尊严看上去也很模糊，
甚至不依赖于时间的荒谬。
乞讨者不要你手里的桑葚，
他只想听到硬币之歌。

乞讨者的衣服上印有一只蜗牛。

你一边照相,一边咀嚼桑葚;

你看上去好像一点也不介意

落日的底片上也有一只蜗牛。

墓志铭

心坟倒立在火山中。

白云的发动机熄火时,

蓝,比纯粹的时间还迷人。

就仿佛这是一个记忆,

樱桃的成熟中有你的成熟。

一时看不出来,也没关系。

用了力,语言能留下的,无非是

一种高贵的疯狂。比如你,

经历了这么多悲哀,

换别人,也许早被杀死一千遍了。

而在附近,落花却先进于雷雨的眼光:

这世上,你是唯一杀死过悲哀的人。

微光协会

它很少出现在你我间的传递中。

假如它出现,说明降雨的过程中

出现了某种意外。比如,在雨中,

使用词语本身已包含幸运的意思；
但我们的身体已不习惯
对词语和降雨做出同样的反应。

又比如，雨后，瓜藤旁，微光出现在积水中。
我们之中，只有一人会及时出现在那里。
无边的现实中也只有这个现场
显得如此安静。我们是微光的例外，
同样，作为平等的交换，
微光也是我们的例外。

汉城夜色

若干年后，它会是
记忆的砂纸，用咖啡色打磨
一个人对一个城市的盲目的爱
比一个人对另一个人的盲目的爱，
更贴近生活的悬念。
风，已替你做出了选择，
所以，灯光踩上去像漫上沙滩的回水。
而烤肉的香味，像一把小梳子，
随时都能把你讲究一番。
多吃紫苏叶壮阳。不开玩笑，
我们怎么回敬世界？人生的插曲
本来就有这样的放大功能——
街道尽管陌生，但是在拐角，

你不止一次游进了古老的夜色。

接触空气的不同方式协会

你站在我面前,这本身已是帮助。
你来到我面前,这本身就是启示。
大风过后,你镇静如一株瓜苗。
你望着我,仿佛我是
刚从空气的笼子魔术中变出来的。
替身在哪里?抱歉,我没有替身。
万一没成功,我也没有别的失败。
但你不一样。你几乎是你的化身。
你的示范很新颖。但是抱歉,
即使有可能,我也不会那样做。
你有自己的根,温润而细白;
它使你更像一株瓜苗。苦瓜苗。
而我需要移动,一半时间用于
神秘的寻找,另一半时间
用于徒劳的躲避。我们的共同点在于
我们接触空气的方式不同。
你没帮过我,却给我带来了启示。
没错。我们已没时间讨论空气的形状。
没错。我们已没机会谈论空气的态度。

另一种雕刻协会

你很幸运,不必在喜鹊
和麻雀之间做出选择。
一只喜鹊,足以让天平倾斜,
它甚至能帮你确定,今天下午
你还有多少私人时间。

两只麻雀也可造成某种倾斜,
两只麻雀甚至更像小小的砝码;
但你没法确定,那倾斜的,
究竟是什么? 你也没法和麻雀交流
时间的雕刻技艺是否出色。

涉及技艺时,麻雀不是
一个出色的对象。麻雀飞上石头,
很快又飞走。留下那石头,
像一个没使上劲的底座。
近乎冷场时,你突然走过去,

想和石头交流你和麻雀没法交流的
时光的雕刻问题。表面上石头很硬,
但石头的沉默却很柔软。
而你表面上很柔和,你的沉默却硬得
就好像时间是一个外行。

交叉点协会

我休息时,诗是我的劳作。
我劳作时,诗是我的休息。
交叉点比塔尖还理想,
老鼠的口号和野猫的标语
显然贴在了别处。那里,
喜鹊的尺寸,好像刚丈量过
蜜蜂的漩涡。一旦挖开,
它会一直通向自我的深井。
不必吃惊,反差真的有这么大。
那里,体面地面对简单远胜过
我知道如何选择什么是简单。
那里,减少受骗的方法
已排入新节目单,看上去就像
穿裙子的青蛙正准备邀请麻雀
参观刚续过保险的蜗牛
如何区分梦和现实。

世界读书日丛书

伤口中的伤口。因为生活中
有太多的假象,所以它
愈合时,看上去像一本书。
你有两次选择的机会,

在此之前，你有两次做出

更好的判断的机会。因为迷宫中

例外只有一次。记住。两只眼睛中

有一只是古老的罗盘。你在它上面航行。

有时，波浪也是假象的一部分。

瞧。因为移动得太快，

深渊，还冒着嘶嘶的热气呢。

醒来时，信天翁的语言中

确实夹杂着这样的口吻——

如果你手上的书，不是从深渊里

抽出来的，你何必要浪费

大海的时间呢。你打开一本书，

就是打开世界的一个伤口，

但这还算不上秘密。你的运气

在下一刻。你合上一本书，

一个世界已愈合在你的身体里。

玉树，一小时的骑手

我骑过悠悠白云，

呼啸的心像帮助我从浩渺中

夺回了一种秘密的记忆。

但你说，那不算什么。

你的口气就好像时间还有别的主人。

我骑过蔚蓝的波浪，就好像那是

一个过程，在克服自我中

恢复自我的本来面目；

但你说，那不算数。

我还骑过坦克，骑过野鹅，

骑过节日的灯笼，骑过清晨的咖啡，

但你说，它们全都不作数。

好吧。今天下午，蓝天就像是从无尽的碧草中拔出的，

我骑着马，颠颤在格桑花的友谊中，

在美丽的巴塘草原小跑了几圈。

我想了很多天真的事情，

它们全都昂扬在生活的边缘。

我以为我再也配不上

这样的幸福。但很快这念头就消失了。

这依傍在青葱的群山中的草原

用它的深邃稀释掉我的个人情绪。

更让我高兴的是，从那一刻起，

无论你再说什么，也都不算数了。

随笔　诗道鳟燕

小诗人的诗里,往往有不止一个对立面。而大诗人的诗里几乎没有对立面。换句话说,从原则上讲,好诗没有对立面。

说起来有点儿残酷,诗的道德在于,诗从未背叛过迷宫。

诗的修改,如果仅仅出于一种严格的要求,那么它很容易变成一种房间里的粉刷。时间一久,仍会露出颓败的迹象。所以,从意识的角度讲,诗的修改其实源于一种独特的书写快感。亦即,诗的修改涉及的是写作中的这样一种规则:用反对句子的方式来赞成句子。

非诗歌的问法是,什么是诗的神秘?如果以这样的方式提问,前景多半会很郁闷。关于诗的神秘,我们只能这样问:但是,什么是诗的神秘呢?

诗的句子有着一种奇怪的重量。就好像大象可以踩在荷叶上,而在荷叶下面,睡觉的鱼不会感觉到丝毫的异样。

这是一个写作的底线:现实的背后,也许有诗歌。但是,诗的背后,绝对不存在现实。

读诗的最重要的原则就是不要贬低沙漠。

我们都是在看不见的沙漠之上阅读诗歌的。

大多数情形中,诗歌中的问题都不涉及真与伪。但由于我们的怯懦,也由于我们贪图方便,有意无意地,我们却将诗歌中的大部分问题都转化成真与伪的分辨,并为此纠缠不休。

对诗而言,没有神圣,其实也就没有了可能性。

对小诗人来说,诗的神圣是一种束缚。所以,取消神圣,在他们看来,是一种彻底的解放。而对大诗人来说,诗的神圣确立了一种边界。所以从精神的角度看,诗的神圣其实是一种边界现象。也不妨说,正是这一边界的存在,让我们拥有了最深刻的生命感觉。

发现一个诗的素材:阴暗的人对神圣有一种天生的怨恨。

和时间谈判,涉及诗的哲学。和语言谈判,涉及诗中的诗。

与语言搏斗的诗,曾经激励过我们。但我们现在面对的更真实的情形是,诗必须学会和语言谈判。

我们必须学会写有能力和语言谈判的诗。

新诗是汉语的悬崖。从这个角度反过来看,和诗有关的语言活动:从下面开始的,又叫攀岩;从上面开始的,也叫蹦极。

一方面,诗必须面对常识。另一方面,我们也必须面对一种醒悟:诗没有常识。这种情形,也许是一种诗的常识。

诗面对常识,但这并不意味着诗必须依赖常识。

依赖常识的诗,或许可以促成一种短暂的亲切,但从根本上讲,它减弱了诗的洞察。

诗研究艰难的善意。

在善意的提醒和虚无的抨击之间,并不存在可供诗落脚的钢丝。

请想象一下,诗其实没有外部。也许正是这一点,表明了诗和思想的不同。

我们想读的,仿佛是这样的诗:既是现代的,又是古典的。而我们想思考的诗却是这样的:既回应了现代,又呼应了古代。这两种情形之间已出现了不小的裂痕。但真正的裂痕在于,我们想写出的,仿佛是这样的诗:既有能力改造现代,也有能力改变古典。

这里,确实牵扯到一种诗的哲学尴尬:在多大程度上,我们是我。

诗矛盾于文学。这意味着,从文学的意义上看待诗,和从诗自身的意义上看待诗,从来就不是一回事。

当代诗歌批评中一个常见的误区就是,对这种差别缺乏敏锐的辨识。

就汉语的使用情形而言,诗的进展取决于我们是否愿意面对一个事实:诗矛盾于文学。

从现代的意义讲,一个诗人面临的最深刻的艺术矛盾,不是诗矛盾于诗,而是诗矛盾于文学。

作为诗人,我更愿意面对的情形是,诗矛盾于诗。

作为诗人批评家,我不得不面对的情形是,诗矛盾于文学。

对于诗,一个细节就是一个小小的奇迹。但对于诗人,每个细节都可能是一副刑具。

每个诗人都在某种程度上继承了诗的一个信念:诗的细节是我们的奇迹。

审美,是诗和语言的关系中的一个数学问题。

关于诗,最接近底牌的定义:诗,不是诗。

关于诗,最容易被利诱的定义:诗,不仅仅是诗。

靳晓静

1988年开始发表诗歌作品，曾获成都第二届金芙蓉奖、《星星》诗刊1998年度跨世纪诗歌奖、第四届四川文学奖、《诗刊》社和澳门基金会举办的全球华人诗歌大赛奖等。著有诗集《献给我永生永世的情人》《我的时间简史》等，随笔集《男人，爱人，情人》。

写给自己的一封信 〔代表作〕

在江河的入海口

回眸　我看得见

散落在长途上的自己

在路上　在尘土中

屋脊树影桥头铁轨都向后流走

命中的恩人们来过又离去　而今

在各处　我要找到你们

拥抱你们不同年龄段的身躯

你们已融入我的命运

像无数隐喻潜入诗行中

我看见　她二十一岁

宇宙的黑洞俯瞰着星云

俯瞰着她　坐在铁轨上

像一片树叶一棵草一样战栗

在黑洞的呼啸声中　她后退

一直退进卫生间　闭门不出

再出来时　阳光像刀片散落

在通往三军医大的路上

石子在车轮下迸裂　大地滚烫

她走走停停　遥想着

像一只非洲大象一样消失在丛林中

古老的忧伤在这个星球上
无所不在　家族的伤痛
在代际间传递　她那样年轻
脸色苍白　活着又苦又咸
是她　代替我活了下来
让我在三十年后找到她时
满含热泪地说一声　谢谢

神要我们怜惜时光背后的人
于是给过去的自己写一封信
不只是心痛　不只是唏嘘
还要向深不可测的命运鞠躬致意

新作 女人书

记忆:2000

一

在夜里,用记忆寻找记忆
那一年,被时间挟持
感觉是光阴的骑士
我们经历了太多关口
生死疲劳,梦想与不测
过了便也就忘了
但那一道关,过了十一年
它暗藏的峥嵘和启示入血入骨
像一个对面而过却并不相识的人
身披命运的袍子就此上路

那一日,大地用落日的光点燃
日出的光,千年之交的那一天
地上人群拥挤,我带了一个盲人
过马路,他的手杖敲在地上
在二十世纪最后一天的黄昏
这盲人,我不知道他要去哪里

我却是回家,在门卫的窗台上

取到了封信
那是我的先生写给我的
他其实就在家中
前日特地去邮局投了这信
他说："没什么特殊的东西送你
就赠给你世纪末的
最后一枚邮戳吧。"

那一日，黄昏的车流苍茫
我怀揣小小的欢喜
在小院的蜡梅树下展开信
心里有小小的忐忑和陌生
像在火车的包厢中醒来
恍惚中，看见前方的灯火
那样远，那样近
一个世纪和一个千年
像捉迷藏的孩子
转眼就要躲到我身后去了
我的唇触到了蜡梅的苦寒
而我们的爱情因苦难
被擦得锃亮，露出黄金的底色

二

那些夜晚，电视内外满是喧嚣
世纪之交千年之交的喧嚣：
中华世纪坛的钟声自北而来

更远一些,美国的时代广场

万人狂欢如醉,这狂欢

抵达巴西时是一场大雨

数百万人在雨中的海滩上舞蹈

这景象多么魔幻

世界很大,时间苍茫

到夜里,我和先生靠在自家小小的窗口

那一夜,我反复抚摩一枚戒指

它的内面刻着Y&J　1999.12.24

小小的白金,小小的钻石

将十年相知刻在世纪之末

没有婚礼,没有蜜月

命运的黑云压下来,我们

微不足道,只有眼泪和幸福

那年冬天多么寒冷

棋局已终,一层又一层的乌云下面

一个声音从电话线的另一端

带给我一冬的温暖和一生的尊严

沧海桑田后,那庇护声仍在冬日响起

这是千年之夜

个人走过的不堪微不足道

三

时间神圣,可俗事拖泥带水

要一件件做,要赶快做

我的硕士论文开始答辩了

教授们像法官一样

他们的问题猝不及防

我对答,他们点头

我的论文标题是

《〈鲁滨逊漂流记〉与资本主义精神》

而人类的野心已高过教堂的尖顶

新世纪刚过,他们

给了我件硕士袍

我的导师和我一起合影,表情肃穆

肃穆中,谁也不知道以后的事

这是一个没有先知的时代

恐怖袭击、战争、瘟疫

还有山中海中和华尔街的大地震……

人类的野心收获的果实

是有毒的,而我们并不知道

在世纪之交千年之交

我心怀憧憬,等着先生

从报社下夜班回家

他说,记者们正守在产院

等着本城的第一个世纪婴儿的出生

而我们没有孩子,我没有孩子

我的爱人,时间进入新的千年了

我们得相依为命,视彼此为孩子

四

1999年最后一天的子时

如水滑落,我试图抓住它时

从指缝间淌出的,已是2000年的日出。

此刻我的先生正在睡觉

在报社几乎熬了通宵的他

只能在睡梦中看见

2000年的日出了

让他多睡会儿吧

他太累了:值夜班、写小说

催债、打官司,现实太硬

而我躲进书房写《2000年,某岛》

在古希腊的岛屿上

身着白纱的少女们庇护我与世隔绝

2000年的第一枚太阳

已行在天空。太阳底下我乞求:

大地江河奔流我只饮一瓢

只写一首诗只爱一个人

日子要平庸,要踏实

这庸常的奢侈我能否拥有

谁能动我命中的金木水火土?

此时棋局已定,外面仍是飞刀走剑

我逃往诗歌,逃往雷斯波斯岛

逃往最终的乌托邦

而人类幸与不幸的洪流

裹挟着我们小小的不堪

从我们身边再次开始

我仍记得千年之交的日子里

我带了一个盲人过马路

记得拐杖敲在大地上的声响

他要去哪里我不知道

而我却是——回家

女人书

她入书入史

在《资治通鉴》的某一页,读到冼夫人

这冼氏之女,可以挽弓,可以布阵

可以救世或抚世

坤,是宇宙的一部分

而什么样的女子,在岭南

被万民尊为圣母?

女人书,要么无字

如果有字就会是传奇

这是土地和河流的传奇

地势坤

一个女人的心可以承载万物

从南北朝到隋朝，叛乱、战争和盛世

冼夫人的心都承载过了

如今，冼夫人安眠于故地的墓中

留下一部女人书，让我在一个炎热的午后

在知鸟的叫声中细细读

有山河大气从南面吹来，乾坤相照

这书中，是一个女人平平仄仄的一生

高山流水

风声雨声

两千多年前的琴声

江水很长　江风很静

水下的鱼群不知是哪一代了

其中的哪一尾　记得载琴的船舫

记得船舫上的听琴人

流水高山

山高水长

如果无人抚琴

如果没人解意

汉水也会消失

伯牙的名字也不会陪着

我的名字一起老去

这琴台

李白来过杜甫来过

帝王百姓都来过

从喉咙到心　有一种渴

谁人都有的渴

那是百年孤独千年孤独

唯一曲高山流水

激活前世今生

谁听懂流水弦外的声音

谁便是晚风中拈花听琴人

月亮女儿

月亮女儿——

这个名字让人遐想，让人仰望

让人想起她的眼睛，

眼睛里深藏着月亮秘密的光亮；

她一低头，最是温柔

而一抬手，便碰得月光叮咚作响。

月亮女儿的闺房，

叫作西昌。月亮女儿

以明月的圆镜梳妆。

当亚热带的季风吹过安宁河平原，

月亮女儿,会想起

她以陶罐汲水赤脚而行的前世时光。

而今天,当月亮女儿

在一座叫西昌城,在她的闺房,

她一推窗,便可飞到九天之上。

这是月亮女儿的前世今生,

在月亮女儿的两袖中,

一只藏着凉山的清凉,

一只藏着西昌的昌盛,

而将人与自然融为一体的是不朽的月亮。

在贝纳沟邂逅文成公主

公主,遇见你是我的传奇吗?

想收你入笔端已有多年

仰望你的瞬间你亦在凝视

时空的薄纸洞开,长安的风

翻日月山而来,带我进入你的朝代

那时,我们都是大唐的女子

你有点儿气喘,看我在百度地图

确定这儿的海拔高度

远了长安,远了父王,远了爹娘

公主,和你相遇我的现代也远了

再回望一眼你深爱的故地吧

仅此一眼,从此你只是远赴天涯的女子
从长安出发后就没有归途了
这世界一半的路,要由女子来走
女人是歇不得的呀

公主,你指给我看送亲的队伍
马匹驮着种子、丝绸和医书
这盛大的陪嫁,我用手一一抚过
我的手心摸到的是文明,手背上流过的是通天河
公主,你的掌心的纹路通向你的王
要嫁就嫁他个惊天动地呵,公主

现在是下午一点三刻
在青海,在玉树,在贝纳沟
群山连着群山无际无涯
一千三百多年的风
让你年轻,让我苍老
公主,在这香火未断过的你的庙里
我举头久久凝视着你的塑像
公主,你在雪山之上莲花之上
也凝视着我,女人大智大美的魂魄
灌顶而下,我沐浴其中,不知今夕何夕

随笔 情怀这东西

  我总认为,情怀这东西,是诗歌的同义语。在一切艺术和人类终极价值上,情怀为大。尽管人类的智力越来越了不得,人类的智商以每十年五个百分点的速度在上升。高智商或许会视情怀这东西为小儿科,但我们生命的方向和质量,实际上是被这古老的"小儿"所牵引。情绪、情感、直觉强大于理性和逻辑,这在生命的基因排序中或许可以找到证据。情绪、情感、直觉来自我们大脑的杏仁核的部位,理性逻辑来自额叶的部位,而杏仁核比额叶要古老原始得多。因而,除了人类,我们可以听见鸟类的欢声和哀鸣,可以看见流泪的牛和大象,甚至在身边发现患上抑郁症的狗。这是我们特有的人类情怀。

  似乎有两种法则在主宰着人类。一种叫"丛林法则",它让强者生存,适者生存。另一种叫"神的法则",它要人们谦卑、宽容、唯美、爱人如己。因而人们读美学、宗教学也读童话和诗歌。这分别代表了人身上的兽性和神性,这中间的宽阔地便是人性。

  人的情怀是对人以及这世间万事万物终极的爱和关怀,是被"神的法则"所照耀的领域。情怀是一种很轻的物质,感动、惆怅、怀念、热爱、悲悯、哀愁等等,情怀是这种轻如灵魂般的物质的总和,这种"轻"注定了诗歌是一种灵性十足的艺术,诗歌是情怀的容器,就像一泓养月的水,一片留花的镜。从这个意义上说,诗歌创造出了无中生有的新事物,物象变为心象,它借助于人的情怀、语言和神悟这三件东西。

  无论时代和人的审美如何变,情怀作为诗歌的出发地是不会改变的,人心中的"万古愁"是不息的,这或许也可称为"生命中不可承受之轻"。这正是诗人的立身之本,舍此诗歌便难有生命的气息。对我来说,情怀这东西说到底便是基督徒的"信、望、爱"。凡事相信,凡事盼望,凡是忍耐。在此,我要特别强调"信"的意义。如果一个人对世界和他人有确信,并相信通过他人可以取得一些美好的东西,他就会得到与他确信和谐一致的人生美意。信是第一要义。最近在读《弗洛伊德与莎乐美通信集》,我舍不得读快,慢慢地,细心地读。我为其间展现的博大情怀所折服。这些信件,呈现了一段深厚的情谊,其中的人类情怀接近信仰。用莎乐美自己的话说,弗洛伊德帮助她"在我的基本的信仰上添加了新的东西"。

写诗时,非常想要有灵感,有神来之笔,有精妙的象征,令人叫绝的意象,以及把握语言的弹性、张力、多义与歧义等。但这些都只是工具。诗人的目的是带人心到诗的彼岸,而这需要一种博大的丰饶的情怀,有了这种笼罩,诗中的情感才能直抵人心。

我看重真诚博大的人类情怀,读诗编诗或自己写诗时皆以此为最高标准。常常是,虽不能至,心向往之。但情怀这东西究竟是何物,仍说不太明白,看来它只可意会,难以言传。但当它到来,我立即可辨识出来。

李 南

二十世纪六十年代生于青海。1983年开始写诗,出版诗集三部。1999年参加《诗刊》社第十五届"青春诗会"。

代表作 下槐镇的一天

平山县下槐镇,西去石家庄
二百华里。
它回旋的土路
承载过多少年代、多少车马。
今天,朝远望去:
下槐镇干渴的麦地,黄了。
我看见一位农妇弯腰提水
她破旧的蓝布衣衫
加剧了下槐镇的重量和贫寒。
这一天,我还走近一位垂暮的老人
他平静的笑意和指向天边的手
使我深信
钢铁的时间,也无法撬开他的嘴
使他吐露出下槐镇
深远、巨大的秘密。
下午六点,拱桥下安静的湖洼
下槐镇黛色的山势
相继消失在天际。
呵,过客将永远是过客
这一天,我只能带回零星的记忆
平山下槐镇,坐落在湖泊与矮山之间
对于它
我们真的是一无所知。

【新作】 **私人生活**

生　日

没有人记得这一天了

也不需有人记得这一天了——

生命中有山有水，有神的爱

我的心，已超越了这些凡俗小事。

还好，没有一根白发来要挟我

还好，我昨天破败的样子没有被今天看到。

我走进一家咖啡厅

卡布奇诺泛起陈年往事：

在巴音艾力草原

我暗恋过一位骑手。

这些年，我培植屈服的韧性

我喂养心中的鹰。

对于过去的岁月，

我有谦卑之心和不敬之罪。

现在我查看香樟树漏下的光影

我终于可以从容地迈过夏天的门槛。

诗歌和我

从陡峭的斜坡向我迎面走来
你和我,相遇在一个尴尬的年代
我们拘泥又凄凉
像秋风和落叶拥抱在一起。

不要给我戴上桂冠,只有荆棘
才配得上我的歌声。
我对你,充满影子对光的敬意
又好比工匠对手艺的珍爱……
我试图说出更多:山河的美、宗教里的善
人心的距离和哀伤如何在体内滋生。
你撒种——我就长出稻子和稗子
我们不穿一个胞衣,但我们命中相连。

因为你

因为你,
早春的紫罗兰提前开了。
因为你,
我有了奇妙的青春之旅——那梦中的梦。
因为你,
我不得不吸进空气中的尘粒。
也因为你啊,
我还能够在罪恶的人世间边走边唱。

时间松开了手……

跟风说起宿命。
给松柏弹奏一支离别曲
当我懂得了沉默——
大梦醒来,已是中年!
黄河淡成了长江
恩怨淡成了江湖上美丽的传说。
时间松开了手……
一座坟墓在后山,盯着我。

在汉河

我们放生,把船划到汉河中心
鱼啊——快一点去找你的远亲近邻。
我们看夕阳,看夕阳下的垂柳
苦味的日子有了短暂安慰。
我们拍照,露出微笑
让后人看不出我们有疾病和哀伤。
我们是亲爱的——又彼此称为异教徒
一同在苍白空洞的生活中,寻找光,寻找亮。

写 诗

我写诗,长诗和短诗,失败的诗
不能发表的诗……

从一个人的伤口到辽阔世界的疼痛

从青春年少写到了老眼昏花。

常常,我在白纸或电脑前

迷失于词语的森林

而找不到一柄刀和一支枪。

偶尔,我也会走到窗前

看一眼雾霾中的城

它抖动着威严的紫色大袍,未能使我免于恐惧。

我也时常在古典和后现代岔路口

左右摇摆不定

更多的时候啊,我只听从女神引领

给草药加点蜜——把泪水熬成了盐!

诗歌的桂冠请你们去领受

我的野心不大:

在浩瀚的文字中留下,哪怕是一小行诗句

沉甸甸的——像金子。

秋　令

话,越来越少

诗,越写越短

今年秋天,我打算去香山

把记忆染红。

我注定要遇到一个仙女

她告诉我说:

爱情在火星上
眼泪在地球上。

我可不愿跟她去火星
去找那不朽的爱情
我只想慢慢走下山坡
踩一踩满地的落叶。

私人生活

人们都说我阳光、健康
半斤八两的好酒量……
唉，怎么说呢？
仙鹤在湖边认出了它的倒影：
他们看不到我血液中流淌着
黑色的毒汁。
他们不知道
我的八月里藏着一月。
他们说，我脸上有春风
却想不出我心里装满了小清新和大悲悯。
我喜欢大提琴的哀鸣。
喜欢把灵魂附在文字上滑翔。
我渴望一个"老我"诞生出一个"新我"
我更喜欢啊，知更鸟安静地飞
像光纤——无声无息。

天黑前的夏天

音乐和米醋勾兑出懒散的夏天
山峦在云雾中行走,一只黑鸟隐藏其中。

黄嘴巴的云南和紫嘴巴的河北
太多的寺庙和太少的教堂。

而在九月,东北的候鸟飞往孟加拉湾
在华北不做片刻停留。

看呵,时代的船舷已向左边倾斜
它加速度的癫狂让人们慌乱。

哦,洛丽塔的不伦之恋
带着甜蜜和悔恨——双料的毒箭!

夜宿三坡镇

我睡得那么沉,在深草遮掩的乡村旅店
仿佛昏死了半个世纪。
只有偶尔的火车声
朝着百里峡方向渐渐消失。
凌晨四点,公鸡开始打鸣
星星推窗而入——
我睡得还是那么深啊
我的苍老梦见了我的年轻……

玉树的清晨

没有鸡鸣,也没有鸟叫
但总有一场晨雨如期而至
来清洗尘土和夜色。

此时,我一个人慢慢走在细雨中
仿佛从异乡走到故乡
看远处山色迷蒙,草原安静……

穿藏袍的男人。嘛呢石经城。
唐蕃古道上的彩色经幡
都在雨中保持着缄默。

当天空渐渐现出了彩虹
这一刻,我心潮翻涌
见证了神与人类的盟约。

在玉树,每个清晨都拖着长长的省略号:
没有做完的梦
未完成的想象。

随笔 诗人的方向感

跟一些诗人朋友聊天,经常会听到有人这样感慨,写诗写着写着就不知道怎么写或写什么了,感觉十分迷茫。对类似的议论以及诗人朋友所言的这种状态,我以为既正常,又有其合理性。对于诗人来说,诗歌写作的快感就在于对这种迷茫状态的驱散,使混沌达于清晰。

因为诗与人的微妙关系,我们常说,诗来自神启。但一个成熟的诗人无论是处于清晰状态还是处于迷茫状态,他都应该有一个大致的方向感、目标感,而中年以后的诗人更是如此——神启之后,上苍对诗人劳动应有的酬报。

有方向感的诗人明白自己写作的绝对标高,使其写出的每一首诗都有它存在的理由和有效性,不仅如此,他一次次地实验,试图刷新古往今来的修辞与表现方式,他也必须经历一些语言、经验、感受力等诸多方面的冒险。

方向感不同于风格。风格是一个诗人的作品完成后,针对他的诗歌由读者(含评论家)来总结归纳给予界定,而方向感则是诗人(创作主体)在下笔前对一首未竟之诗的朦胧期许——也许他能够抵达内心的诗,也许他根本就无法实现,而方向感总会成就诗人的个性与风格。有时,我们会说,某个诗人写诗多年,可依然还是他以前所形成的那种个人风格,似乎一成不变,但殊不知,他恰恰在对诗歌做着更幽微、更深奥的探测和拓展——这种过程也许遥遥无期且未必就很有成效——他有着对自己认定的诗歌美学的执着。

很多诗人没有方向感,今天有感觉了他就写一首诗,明天没感觉就会进入创作的极度茫然,这样的诗人完全处在一个缺乏自觉、自生自灭的过程,对自己的写作没有较为长远的规划。即使有,也是仅在数量上的累加,而没有更深层面上的思考。反过来,那些有方向感的诗人永远把自己当成了一个行者,他的诗写永远处在一种"在路上"的状态。在他看来,关于写什么、怎么写的问题也会经常使他茫然,不知所措,对他来说这始终也是一个常新的问题,但他凭借对于诗歌写作的多年磨炼,他会一直乐此不疲地尝试走在属于自己的路径上。

由于诗人们各自的修养、秉性、天赋等多有不同,对世界存在和艺术真谛的理解程度也就不同。成熟、稳定的诗人有着明确的宇宙生存感、生死观、价值观以及诗歌美学原则、清晰的历史坐标定位,他只需要努力搭建起一个平台,便可以适时地纵身起跳——有方向感的诗人不容易被诗坛乱象所迷惑,他本能地抵制时髦的学说、流派和阅读,坚持他内心的固执,不从众、不跟风,并有着得体的自信。

具备方向感的诗人,他必定站在气度、学养、技艺和境界的相对高度上,他能够看到一条宽阔的洪流在曲折百回中奔腾的方向,时代、人性、历史、艺术和宗教也正裹挟其中,只等他内心的诗学期待与这股洪流最终在某一时点达到交汇与契合。

做具有方向感的诗人,正是我努力的方向。

潘红莉

曾用名潘虹莉。1984年开始发表作品。作品被选入多种选刊及年选。出版诗集《潘虹莉诗歌集》《瓦洛利亚的车站》。

代表作 终将怀念的（外一首）

现在人们和我都终将感谢语言的存在
风吹过天空的云隐在更远的云后
远处孤单的树永远在远处
朦胧恍惚它的模样就是心中的事物

剩下的内心

它是你唯一的可以听见声音的属于一个人的敲击
剩下的调侃自由度有哲学的枯燥带着毛边
此生的常青煞有介事的光临过如浮梦
每一时节都曾诞生却了无痕迹再见或飞远

新作 走动的旧时光

与你相依为命

我收留了你整个的命运
连带我的血肉放在命运多舛
你将雪野拉伸远处的灰蒙连带
这世界的冷落就降落在今晨

你没有名字甚至姓氏
但这纯粹的宽泛那么广阔又充满疑虑
门前的那条路上有我走过的痕迹
鸡冠花就开在路的两旁又黯然凋谢
你也曾经来过是红色的像火焰
向日葵的头低垂像命运中的羞涩

好像我要与你相依为命了
你的画面上有雪　房屋和院子外的栅栏
我如此欢喜它的寂静不设防完全地打开
我可以不承担不关闭内心不把泪水咽回去
每天我都是这样坦荡荡阳光扑棱着飞
你和我都无言不是守口如瓶是不用表达
那些该回来的都已经回来连同多年走失的岸

这个星期天的早晨想起你的简单和我相同
你可以永恒和放大也可以漠视命运
而我要穿过你的房屋和那片冬天的海棠树
这只是其中微小的细节　众多的事物
不会因此而原谅我的简单仍会纷至沓来

飘　落

请原谅我的调试滑稽的伤感的
我在影子中会看到疼痛的表情
下午的幻影会跟踪并试图说服
音准在心外聚集冷和眼睛的湿润

有一天就音准安静外面雨的声音美好
猫走动跳过时间的节拍陷入低处
春天的树木还在失明环绕真相
记得音准对准大海和蔚蓝
被拿走的就像全部就不会再归还

走动的旧时光

绿皮火车拐过隧道达子香不谙世事
车程简单　丰满的趣味丢失
西大直街　莉莉娅的白房子重复写意
福祉的链接黯淡　晾晒的红樱桃纤小

再次转弯　白色的栅栏牵手云

它时常温柔地走动　带动眼神和魂魄

雪　调

从什么时候起都迟缓和无力

江水的覆盖　白皑皑的有马车驶过

曲高和寡的远　尊崇一个人的内心或更多的人

那些年的雨水灌溉　青草的馨香

隐退到雪原变得无痕和沉默

那酒怎么能越酿越香　怎么能

全是醇厚万里也沉醉

有雪的调子苍凉但温暖

相背的列车穿越冬天的林带

那雪调唱啊唱　带着冬天擦拭不去的泪痕

空袋子

悬浮的空袋子并不奇怪

它在岁月中空在新鲜的空气里空

在你的爱情晃悠着明黄　一晃

就成了空袋子的猎物

其实空袋子就是空袋子

在几近的瞬间成全事物的脱身

稀薄的风吹过来吹过去

一些水痕已经了无踪迹

空袋子从来就没有听觉视觉

辨别的评判和任意的滑动时间

它会收留我灵魂的低落微弱的想象

许多时候它都和我一样静止

胡笳朝尔

那声音一来心就走在草原

辽阔的绵长让语言失聪

让今夜的判断在横水河打着旋不肯走

让点点星光挥洒在胡笳朝尔的苍凉里

其实你是我内心长久的挣扎

痛　却看不见　草原的光年啊

胡笳朝尔我能区分你和我的心草原的心吗

即使我很小　胡笳朝尔的覆盖无垠

伊维尔教堂的落雪

这个时候的沉静向远关乎我的想象

伊维尔教堂落满故乡的雪

第一只鸟儿落下雪就有了情怀

教堂的钟声响起时总有更多的人出现

天空和雪一样纯净那么多人的名字落下来

和鸟儿一起飞动

短暂的风吹起雪覆盖住忧伤

伊维尔将故乡留在异地只让灵魂在雪中走动

在那个有些寒冷的下午祷词集结在一起温暖

有繁枝叶茂的响动在雪中蔓延

我其实看见过六月雪和寒光

我一直在边缘走好多条路不具备给我

我的路需要天梯但我没有　因而是永远

我知道我没有统治没有世间的同类

没有大路通向罗马的帝国　惊人　胜利者

我在许多个春秋完成自派的苦役

我成为思想家但是我目光短浅

我曾以为我拥有高山流水　突破

万物的宠爱　拥有雪山顶端的热度

噢　我其实看见过六月雪和寒光

我是众多果实的一个　小　朴素　在时间中沉默

我不再以你为荣耀　焦点　清晨的氧分

我画叶为林穿过今生的水　速度和光

是我自己善意的走失还是荒诞的绕行

我也享有民间的疾苦伤痛站在风口处的漠视

世间的事那么大死亡的门和石头
我不再精打细算为逻辑为彩色的精彩
为我以为归我所有的气象归还温度的道理

你是谁送我千真万确的方向让我不再作为探路者
我的感激是冬天的高远　高的缥缈高的悠远和苍凉

六月九日长白山天池的雪

这个世界上的六月被深情俯视的湖静卧
它重复的寂静　银色的雪覆盖着呼吸
使夏天在这里失意　忠实于六月的交换
它避开夏天的瑕疵　孤独于世外

它不需要醒世的香和明亮甚至深邃
它将六月抱紧一世的寒凉不弃
有谁知道真正的徘徊缺失却不惊
独享来自天外的声音

六月不要惊醒光和时间之外的存在
它只是让一个个虚假的面具拿开
不创造也不做世纪的纪念
好像永恒的平衡从静止于静

与玉树诗

从结古镇到三江源
高的悠远高的白云在我的手上漂移
高的草地上的羊群在远处融入天际　和
我愿意成为这里的儿女的心

我的手轻抚　哪一处都是你的额头
哪一处都是我曾经那么关注静候佳音的场景
江山大好可以是沉静的神性或者缓慢地放下
高原高远　母性的江河洗去内心的茧
干净的树　种子　纯净的内心
这里的安静收留世间的繁杂

我的众多的兄弟姐妹在这里生息
集结光明和万物一起生长
这里没有高山仰止的惊鸿一瞥
盛开和顿悟都淡然地来去

我前世和今生的源　这里的江河之源
从没有过开始和抵达的界限
河水涓涓地流过嘛呢石
交换另一个存在另一个仪式的高点

玉树　果实离天空那么近

心离天空那么近　再不用命运向高
远处的唐古拉山脉苍远
抛开束缚迷离步步紧逼做永恒的姿态

草原上的亿万朵花朵正细碎地盛开
长江　黄河　澜沧江的画面雄浑
心上的马儿已经消失在草原的尽头
多像情人的别离在心中点燃这一生的思念

随笔 那些远方的丛林……

我常常一个人沿着晚霞就要退去的街道走。我行经的道路是我回家必经的地方。那些街道两旁的房子,结构是异域的风格,米色的粉饰,木质的宽大的门窗,是现代建筑中所没有的。我常想一座城市的建筑,为什么没有一个整体的规划,使得这座城市的整体风格和老式的建筑的风格不变,它的归属感就是家的模样。

我行走的意义和局限性不在这里,而是在远方。我享受这种远方毫无旨意的召唤,它所要给予我的,永远都要靠我的想象,模糊的,甚至命运中的未知,不是直截了当的,那种分散的甚至是涣散的精神结构,迷人的有些朦胧的水印。那些自由的意向、意志,和人类的关联,沿着某一条不清晰的被覆盖的道路弥漫。我和我行走的诗歌即会得到力量和短暂的停顿。

我保留着寻求幸福的色彩,尊重远方隐喻的效果。我一直在远方,而不是在高处。远方也一直在远方。我是否会为此紧闭自己的内心,让远方为经验之门洞开。我是跟随者,崇尚和捡拾内心的忧伤。那些光晕闪烁,不属于我的闪烁,甚至裹挟着森林气息的不朽。我让诗歌来了,却内心伤感。我无法赶上和感知我要达到的目的,遥远的,无法企及的地方。

生命的行走,摧毁和得到等同,远方的风吹过来,很轻的风有时也就会让语言粉碎。让我保留和收藏观念,向我该证实的证实。正因为我要拼接语言,用世界上的惯性常理,用心性的理智。我只是想让语言播下平实、从容、机智,或者更专注内心的体验。我的旅途充满探险,远方的摇曳、妩媚,在坚持的等待下,尽显辽阔。大地,诗的语言的信念,我从没放弃过。诱惑的种子啊,遍野释放,远方的不朽,也同样得到继承和神秘。

那些远处的丛林从来没有给过准确的回答,阳光和雨水青睐那里,让我仅剩的余晖仍然归属远方。

我命中注定的语言,诗歌的属性,温婉的,富有的,等价的遗留和交换。我只是时间的过客,旅人,语言的淘金者,间或将目光放远,再放远,收回成色,制造可能的效果。远处茂密的树丛,我仍看到阳光下的王冠。我领略了创造的愉悦,遥望远方的迷茫和等待,这个世界的精彩,人生的复杂和变迁。我们只是在远方之外,将自己变得简单干净或是找寻最好的语言,将我们已经走过的和即将来临的,加以修饰和维护得那么自然,好像回来的和逝去的,都在语言中得到眷顾和延伸。

现在,我称之我以外的光线,收藏细节和枝叶的光线,远方的光线,我要走过你还是迎接你,但是我真的发现了你。

李 犁

原名李玉生。辽宁人。二十世纪八十年代开始写作诗歌和评论。著有诗集《黑罂粟》《一座村庄的二十四首歌》,文学评论集《拒绝永恒》,诗人研究集《天堂无门——世界自杀诗人的心理分析》。有若干诗歌与评论作品获奖。

母　亲 〔代表作〕

孤独的时候
我总想到妈妈的坟头坐坐
依靠着这暖暖的土包
就像一滴水回到了大海
就像小时候饿了把手伸向妈妈

拔掉坟头的杂草
就像细数着妈妈的皱纹
妈妈　让我守望着你的睡眠吧
默默地感受一下　当年
你就是这样坐在我的摇篮旁
把哭喊的我引向成年

妈妈曾经我为跌破了膝盖向你哭喊
现在我满身伤痕却只能咬紧牙关
再也没有人在寒夜中为我拨亮灯盏
再也没有人在四月的凉水里
为我拆洗棉衣
没有什么比这更永恒
所有的温情也不过如此

妈妈　如今我已人近中年事业无成
我两手空空　却依然在灰烬里翻找火星
妈妈　为什么我在孤独的时候
才想起你
为什么没想到　你现在才是永恒的孤独
自私的我啊　为什么在你死后
也不让你安静

一声嘶鸣
汽车就要驶进我的家乡
妈妈我要替你看看我们住过的院落
并在雨来之前盖上酱缸

新作 大　风

一

大风搬运着山河，故乡不动

大风搬运着夜晚，星辰不动

大风搬运着道路，远方不动

大风搬运着庙宇，信仰不动

大风搬运着朝代，人民不动

大风搬运着容颜，爱——不动

风刮起来，心齐得像一支队伍

衣衫褴褛，却遮天蔽日

这是心拧成的草绳，也是草绳卷起的飓风

汇入大海就是海的浪尖，汇入熔炉

就是一柄剑，汇入成吉思汗的马队

就是疾风骤雨，汇入更多的心里

就是凝固的长城

二

我意识到风，是中年以后

那时已经中断写诗很多年

我希望风能往回吹，把我的女儿变小

不让她远走高飞，我驼了的背是她栖息的窝巢

戴上年轻时候的容颜，我

与过去的自己握手言和，再

找个扳手，扳正扭曲的脊椎

随手拧紧松垮了的情绪、青春和牙齿

一顿喝几大碗的酒，一晚上写几十首诗

像风一样去追那个女孩，她的眼睛

是最深最凉的井水，我的青春是裹着热汗的马匹

为了避免悲伤，就吹到中学为止

重新书写面前那份考卷

我走过的路就要被涂改，我会遇到另外一些人

另外一些事，另外的快乐与烦恼

唯一请求风别把我写诗的笔吹掉，这是我的瘾

多次想掐灭它，又一次次不点自燃

但是，继续保留这个习惯

我的一切仍与现在一样

风可以改变江山，却无法移动人的秉性

三

那些随风而起的都是很轻的物质，譬如尘埃和草屑

风中它们品尝了飞，有时候也扶摇直上

但它们从没耀眼过，最后被甩进河里、旷野、街道

人的脸上、吃饭的碗里，被当作败类

那落在情绪里的就成了一种坏，爆胎了

一个人或者一个时代

风无法带走有根的事物,譬如最渺小的草
还有植根于人内心的火苗,不论风从哪个方向来
哪怕台风、旋风、所有风,都无法将它扑灭
而且风越大,火苗长得越快

四

风吹着我,把我从摇篮吹向田野
从故乡吹到异地
把红苹果吹成烂核
把峻岭和沟壑吹上脸颊
把灵魂也吹成一缕风
飘在空中
找不到落脚之地

这样的时候,我就望着北方
希望风把我向北吹,吹到故乡的天空就掉下来
掉到母亲的坟上,掉到母亲的骨灰里
成为母亲怀里的风,直接进入
母亲的梦

五

大风里,一切都在简化
远方简化成火车

火车简化成蚂蚁搬家

它偶尔的嘶鸣,简化成神在咳嗽

可神会简化成人,人会简化成物

心会简化成器官

爱情会简化成车轮与铁轨的摩擦吗?

美女如烟一样散去的年华

多么像田野里的篝火,在静静燃烧

六

春风得意!我想起一个人

姓氏年龄职务不详

却能在风中游刃有余

多大的风,什么样的风都无法扑灭他

他永远是风的脊背上的骑手

他说停,风就温柔得像个少女

他皱眉头,风就像饥饿中发现食物的狼

如果风是一个神,他就是神的私生子

是风的一部分,也曾被风揉搓也蹂躏过

后来,仿佛偷了风的经书,像

一个虫子钻进了风的腹部,从此

咆哮的风中凿了一条阳光明媚的隧道

后来他死了,人们发现他把灵魂缝在一个皮囊里

并压成一个薄薄的鬼符

比纸还轻

七

立春了,我的家乡一直被花袄捂着

直到春风吹破了它的皮肤

把棉絮吹成柳絮

村庄才抖落掉满身的赘肉

等待燕子来为它穿上

花衣

八

那天,天气预报有风雪

很多路都封了

可队长不信邪,非要去前村借麦种

回来时,顶风走了三十里

最后一里,他像陷在泥里的手推车

走一步,退两步

再走一步,退三步

最后倒在大风里,像一个刺猬

一点点被大雪覆盖

后来队长就葬在这里

风雪消融时

他的坟茔被麦苗淹没

村里说是麦魂

九

在枝繁叶茂中
一棵没发芽的枯树比孤独还瘦
但风吹不走它,它也没有闭上眼睛
关于世界,它只是不想说

此时,几万吨的霞光正把春天提纯,直至成
无限克拉的钻石,也把我的心晃成黄金的垛
与夜晚相比我更喜欢白昼,与白昼相比我更喜欢黎明
与黎明相比我更愿意把黎明的蚌撬开
把霞光冶炼成珍珠,或者抽成丝绸
为老树织上青春

十

秋天是从魂里凉下来的
一只蝴蝶折断了翅膀在尘土中下沉
蝉鸣在往上蹿,一下一下
在空中挖一口深井
这时,风躲在云里
做梦,磨刃,梳理羽毛
等待扬眉时出鞘

十一

初秋的风在皮肤上吹起波纹
白云把内心刷得广袤而清净

万物就要合上眼帘了
我热爱的花朵还在尘埃中慵懒着
火焰就要熄灭
田野一片寂静

我爱这微凉的大地
万物匆忙地度过了一生
正等待秋风带走它们的遗骨
人们像蚂蚁一样在搬运着过冬的食粮
天空被雄心驱赶着，骑着大马向四边扩张
河流降低了姿态
把怀里的大梦攥成
雷霆

十二

我不能容忍黑暗还纠缠着黎明
也不能容忍寒冷还黏在春风里
不能容忍诗人的脑袋一味地缩在自己的情绪里
把你的马匹、速度和剑送给那些不幸的人
给寒冷的人布匹、粮食和勇气
用飓风对付作恶的人
用酒温热行善的心
必须为别人流点血和泪
这样的人不写诗
也是诗人中的
诗人

一头牦牛走在玉树的大街

一头牦牛走在玉树的大街

所有的人流都是它掀起的波浪

它目光从容　脚步坚定

像走在红地毯上的爵士

飞扬的牛尾　恰如燕尾服的翎羽

你要去哪儿

高原上的王者　动物中的绅士

是一场盛宴等待你的剪彩

还是一幕大剧需要你拉开

而在我心里　你

更像刚刚走出站台的游子

急匆匆奔向母亲的怀抱

在你眼里　身边

奔驰的车辆就是那条通天河

那车辆里不同的面孔和眼睛　就是

绣在河里的星星　以及

磨圆的石头　纠缠的青藻　嬉戏的泥鳅

你就是河边玩耍的孩子　抑或是

掉进人间的云朵

给干燥的黄昏和震后的玉树

带来细雨　浪花　还有

镇定　希望　和新鲜的氧气

随笔　诗言志到诗言智

　　多年前去偏远的外地出差，到了宾馆已是深夜，进了漆黑的房间却找不到开关，就在焦虑疲惫得快要爆炸的时候，手摸到灯绳，一拉，屋子瞬间光明普照，心一下子也被照亮，这是一种感觉被刷新，堵塞的经络被打通，身心通透明亮。

　　这感觉就像写诗。写作伊始就像在黑暗中摸索，烦躁郁闷还有点小小的沮丧，一旦完成了写作或者是进入最佳状态，就像找到开关，淤堵的思维一下子被捅开，像江水从黑暗的隧道中冲出，眼前一片开阔，心情豁然开朗且美妙无边。类似瞬间解开了百思不得其解的谜语和难题，其满足和幸福是外人不能体会的。

　　为了找到解开诗歌的钥匙，诗人要动用情怀思想激情和想象力，用它们充电，驱动自己提高写作的技能。所以写诗就是一门手艺，与铁匠、木匠、鞋匠、裁缝一样，只不过诗人使用的工具和材料不一样。写诗除了和上述工匠们一样用心钻研业务之外，更需要天分，没有写诗的天分或曰天才，怎么努力也成不了一流的诗人。因为诗人最终最高最难的是无中生有，在"无"中创造出"有"，这是开天辟地的事情，是一件新的宝贝诞生，这对诗人来说是多么难，也是多么的牛！所以诗人最忌讳的是因袭，与别人雷同，是诗人的奇耻大辱，即使诗人面对相同的生活，产生了相同的感受和感觉，打造出来的作品也必须不一样，如果搬用别人三两句，这个人就将被判刑，而且这污点将伴随一生，以后再好的创造都无法洗白自己的身份。

　　但是诗歌这块田地被古今中外的诗人们翻耕无数遍了，各种招数和方法几近用绝，诗人要独辟蹊径犹如逆水行舟。为了突围和创新，诗人必须内外兼修，内功就是前面提到的真诚、悲悯、激情和境界，还有写作状态中的沉迷、冲动、追忆和无边的想象力。内功是看不见的力，它驱动外功也通过外功成为具体的诗。外功就是造句功能，把语言造到出人意料，表面又与原生态一样。内外功夫的最终目标就是把诗歌写到绝无仅有，写得让人大吃一惊。

所以好的诗歌就是一块巨石投进平静的湖泊，它的效果就像昨天夜深人静的时候，小区里突然一声惊叫，所有的灯都亮了起来。浑浑噩噩中被当头一棒，猛然醒悟后大叫：原来诗歌可以这样写。一首好诗容纳了久别重逢、梦想成真、天机被道破的效果。这就不是简单的抒情，而是智力的提升。所以诗歌不是对生活道理的梳理、总结和归纳，对人的情绪按摩、教育作用的诗歌，都不是本质的诗歌，诗歌需要对人性深层做最深刻的检测，需要大思想和大智慧。大智慧的诗歌是对人的"洗脑"，是对人习惯性思维的清洗和提升。然后让思维踮起脚向上仰望并蹦起来。

所以好的诗歌不仅是言志，而且是言智。或者说言志是基础，而言智才是顶端。志就是前面说的情怀以及真善美，志让诗歌扩胸增重，属于内容，提示诗人写什么。很多诗人都有相同的志，但关键是怎么写，怎么表达志，这就需要智的作用。智力智商智慧！大智力的诗歌一定也拥有大智慧，而大智慧的诗歌也一定涵盖了大志和无数个志。所以言智的诗歌是对人的思维和想象力的开拓和抻长，也是对诗歌边界的扩张和延伸，其中最有作用的是诗人的创造力，其目标就是把诗写得无中生有和绝无仅有。

李先锋

二十世纪六十年代生于山东荣成。中国作家协会会员，中国美术家协会会员。曾出版诗集《星星河》、散文集《小镇轶事》、长篇纪实文学《生死越界》和《李先锋的诗与画》。作品多次入选各种选本。

代表作 麦子熟了

六月的风,暖暖地吹着
麦子不知不觉就黄了
黄灿灿的麦子,像
熟透的少妇
在等待着
那个叫镰刀的男人

六月的风,一溜小跑
一点也不在意路边的麦子
是不是熟了
它只挂念家里头的
那块麦田。掰着指头数数
收割期,也就这一两天的事

六月的风,吹成一团乱麻
邻居家那把生锈的镰刀
霍霍磨了一个春天。它总担心
自家麦田里纤细的麦秆儿
能不能经得住邻居家的镰刀
轻轻一碰

新作 我爱过的海

午　后

拖鞋还在,咖啡杯还在

落满了隔夜尘埃的窗台上

蘸水画下的小鸟呢？还在吗？

谁是我们之间

那个带着宿命色彩的信使？

在黑暗里诞生的厄洛斯[①]

不是。长着一双小翅膀的厄洛斯呢？[②]

应该也不是,他金羽折镞的浅滩

早被海水淹没

在这个慵懒的午后

缓慢散乱的日子,像一把

不停打开又合拢的伞

我身体里最柔软的东西

正被反复搓揉

眩　惑

早春二月,乍暖还寒。

岩石上两只海鸥抱紧了身子。

[①] 希腊神话中的卡俄斯之子,是爱欲、性欲的化身。
[②] 罗马神话中的爱神,又叫丘比特,主管爱情与婚姻。

迷茫的眼神，在
汹涌的波涛上东张西望。

不是所有的事，努力就能办到。
在这茫茫的海上

就算你把心淘出了血
也别指望能把大海淘干。

欲望是一头永远吃不饱的野兽
到了晚年，才想起禅师说过的谶语。

欠债总是要还的。熬成白骨
也要把骨头与汤一块喝了。

自己熬的，爱不爱喝都得喝。
春天就是那个抱刀问斩的人。

其实春天又有什么了不起
身体里已经罹难的部分

纵然千刀万剐
也没有办法让它开花结果。

岩石上两只海鸥，抱紧的身子
在晚风中微微摇晃。

迷 月

总会有一个月光撩人的夜晚
总会有一些风,总会有
涛声从大洋深处赶来
唤醒这沉睡的大海。
唤醒海面上那些跳跃的小精灵。
它们在寂寞的时光中
扇动着翅膀
变换着各种飞翔的姿势。
它们在水床上蹦迪
在月光下喝酒。
它们是些细碎的银子
是堆积的泡沫破碎后
遗留下的宁寂。

坠 落

一度认为自己抓住了。抓住了
足以抵挡生活压下来的沉

其实什么也不是。抓住的
更像是一些虚无缥缈的名词

坠落坠落坠落坠落

让坠落坠落去吧

让我坠落到十八层地狱里吧
让我在十八层地狱里见鬼去吧

让炼火焚烧
让一切成灰

我的肉体，我的爱
我的痛苦，我的诗

让灵魂也永远
得不到救赎

我爱过的海

丰满、美丽、任性。却
有着一张易碎的脸

温柔的时候，你
是口吐莲花的水妖

恼怒的时候，你
又是一面摔碎的镜子

你说，我们是最后的两张牌

一张红桃K,一张梅花Q

我宁愿相信算命先生说的话
你就是我前世今生的孽障

属相相克。却
同病相怜

你有着深夜流不完的眼泪
我有着大海盛不下的孤独

一 定

一定有扇门没有关好
秋风一起,浑身
凉飕飕的

一定有只蜜蜂
钻进我的头颅,不分昼夜
嗡嗡飞着

一定有头小兽,躲藏在
我身体的某个部位
在灵与肉的博弈中,退守
或者反击

一定有些往事
积滞在胃里
像见不得光的蝙蝠
昼伏夜出

一定有把锋利的刀
咔嚓咔嚓，一点点
削短我的生命
最后，剩下一截
长满老年斑的木桩

一定有片野草
是属于我的
赶在我离开前，燃烧
让流血的伤口
不再疼痛

安　静

早晨的阳光是安静的。洒在
床上斑驳的光影，也是安静的。

光线像随机生成的二维码
在墙壁上设下意乱迷局。

一个深谙"穿墙术"的人

破壁而来。

在这个安静的早晨
缓缓地走过我的身体。

神的故乡

要翻多少座高山,才可以抵达。
要下多少雨水,才能洗成现在的模样。

霞光流彩,层峦耸翠。谁是
打坐在莲花池里慈悲的佛?

几千年前,吐蕃祖先择宝地而居。否则
也走不出格萨尔王妃那样的康巴美人。

右手转经筒,左手捻珠,匍匐在唐蕃古道,
古寺白塔里可以见到文成公主吗?

要吃多少糌粑,喝多少青稞酒,
才培育得出这令人骄傲的高原红?

要诵多少遍嘉那嘛呢的石经,临摹多少
勒巴沟的岩画,才能诠释生命的真谛?

长江,黄河,澜沧江。唯有三江源

盛得下藏传佛教文化的博大精深。

只身打马过草原。突然
觉得自己不再是异乡人了。

散落的诗歌笔记 [随笔]

一

我出生在胶东半岛一个偏僻的滨海小镇，这里的渔民大多数喜爱京剧。有个绰号"大嘴"的渔民，对京剧简直到了痴迷的地步，他不仅爱看爱听而且爱唱。唱起来走板走调，却有滋有味，独享其乐。有人讥笑，他眼睛一瞪："老子高兴！高兴了，就吼几声。"由"大嘴"喜爱京剧联想到自己喜爱诗歌，越发觉得自己与"大嘴"之间有异曲同工之妙。写诗，对于我来说，纯粹是因为热爱。因此，诗歌写作也难免随心所欲多了些个人性情中的东西。高兴了，就吼几声。至于吼出来的这些东西，算不算诗并不重要，只要表达了自己内心想要表达的东西就成。我一直认为，诗是心灵的吟唱。凡是人们从内心流淌出来的都是诗歌。至于是不是好诗，那就是另外一回事了。不同风格、不同流派有不同的标准，如果硬是拿着"大师和经典"的尺子来苛求衡量当代诗歌的话，就会造成更多人谈诗色变，从而远离诗歌。那不仅仅是当代诗歌的悲哀，也是当代诗人的悲哀。

二

小时候，我常常一个人静静地躺在草地上，仰看天空乱云飞渡。胶东沿海上空的云彩，淡泊、明净、素雅、飘逸。它们被风不断切割着，又不断被重新组合。一切都是那么的轻描淡写，又变幻无穷。时有南下的雁阵，也被影印在这高远明净的天空之上。那一刻，我真切地感觉到了美，体会到了一种人生的宁静、淡泊与永恒。多少年以后，有人问我什么是诗歌，我马上就想起了那些诡异多变的云，那些南迁的大雁,还有那些努力穿透云又被云折断的光芒。

三

　　一日,随朋友去乡下搜集整理散落民间的渔号子。听人介绍,靖海卫的山西头村有个任老爹是喊号子的高手,遂登门拜访。任老爹时年七十六岁,神采奕奕,说起渔号子,从上网号子、起船号子、树桅号子、打桩号子到拉网号子、抬船号子,无一不晓,有问必答,滔滔不绝。当我们要任老爹为我们喊几声抬船号子时,老爹拒绝了。开始,我还认为老爹年纪大了,气力不够。谁知任老爹说:"不抬船,哪来的抬船号子。"这时候,我才恍然大悟。渔号子是人们在劳动现场自然形成的,失去了那种特有的现场氛围,老爹喊不出号子也就不足为奇了。"不抬船,哪来的抬船号子。"任老爹这话说得多好啊。想想我们这些写诗的,何尝不是如此。诗歌的存在与表达,往往借助于诗人强烈的现场感受。我不能说没有现场感的诗就一定不是好诗。但是,我坚持认为,具有强烈现场感的诗,更便于诗人与读者在心灵上同步抵达。

回眸三江源　青春新玉树
——第五届青春回眸诗会侧记

黄尚恩　唐河

高原的呼唤和考验

这一次旅程,我们回溯到江河之源、万水之源。

2014年7月5日,我们,仿佛都是一些水滴,一些幸福的水滴,在天空中飞翔,应着高原的呼唤,向三江之源汇聚;我们,仿佛都是一些词语,诗意的词语,在天空飞翔,应着高原的呼唤,向那在石头上刻字的高原汇聚:青海玉树。

吉狄马加、胡的清、靳晓静、王自亮、潘红莉、李先锋、李南、阎安、臧棣、李犁、商震、冯秋子、李少君、张晓琼、蓝野、唐力、宋晓杰,这些飞翔的水滴,从西宁、从珠海、从成都、从杭州、从哈尔滨、从胶东、从石家庄、从西安、从北京,从不同的方向、不同的地方,汇聚到玉树,汇聚到这个被誉为江河之源、名山之宗、牦牛之地、歌舞之乡的地方,参加《诗刊》社第五届"青春回眸"诗会。

本届"青春回眸"诗会由《诗刊》社、玉树州委宣传部联合主办,在海拔4200米的青海玉树州举行。"青春回眸"诗会自2010年创办,已是与"青春诗会"相对应的一项诗歌品牌活动,每年邀请部分曾参加过"青春诗会"的诗人以及一些没有参加过"青春诗会"但依然活跃在诗坛的重要的诗人参加。每一届诗会都是一场诗歌的盛会。

然而高原却给每一个诗人带来了不小的考验。7月5日晚,诗人王自亮半夜无眠,凌晨两点多钟,神色凝重地敲响唐力的门,说难以入睡,唐力给他了一些抗高原反应的药物,嘱咐他赶紧吃下,勉强对付一晚。诗人阎安是最先来到玉树,但一到玉树,就气喘心慌,头痛乏力,躺在床上长吁短叹。待我们抵达,商震老师煮水泡茶,约其品茗闲谈,细加抚慰,让他稍感舒适。其他的诗人或多或少有些高原反应,还好大多坚持了下来,况且玉树的独特的地域风貌、人文风情吸引着他们,一路行走,一路感受,也获得全新的高原体验。正如诗人胡的清所言:"在玉树/海拔四千多米高地/仰望雪山/深蓝色天空/是一副巨大的安神剂/以包容万有的沉寂/抚慰我缺氧的灵魂"。

诗歌朗诵:声音在阳光中飞翔

7月7日上午,在玉树州第二中学的宽阔的运动场上,天空蔚蓝高远,阳光明媚纯粹。第五届"玉树·青春回眸"诗会暨中国·玉树第二届唐蕃古道诗歌节正式开幕。

诗歌节由青海省委常委、宣传部部长、著名诗人吉狄马加宣布开幕。《诗刊》常务副主编商震说,这次"青春回眸"是海拔最高的一次诗会,是真正贴近生命源头的一次诗会。唐蕃千年古道是一条情谊绵延的纽带,见证藏汉人民友好团结的感情,唐蕃古道诗歌节正是这种美好情感的承继。如今的玉树,正满怀信心,重新起航。希望诗人们用诗歌来展现新玉树的风貌,用诗歌表达玉树人的情怀,讴歌这片神奇的高原。

开幕式后举行了精彩纷呈的诗歌朗诵会。藏汉双语,交相辉映。尼玛松保的《心语隆宝滩》,拉萨的藏族诗人琼吉的《茶碗》,北京大学诗人臧棣的《古琴》,河北诗人李南的《瓦蓝瓦蓝的天空》等,都给听众带来美妙的感受。

语言是没有界限的，心灵也没有界限。抑扬顿挫的语调、激情喷发的表演，诗歌在两种文字和语言中往来穿梭，或高亢激昂，或低沉委婉，在举手投足之间，在唇齿吐露之间，深沉的意蕴，美妙的意绪，伴随着优美的音乐直抵听众的心间，在两个民族心灵间完成交融。一句句优美的诗句，流淌在三江源头，流淌在高天流云之间，流淌在阳光清风之间，让人们浑然忘却时间的流逝。最后，朗诵家青山朗诵的吉狄马加的诗歌《嘉那嘛呢石上的星空》，赢得阵阵掌声，将朗诵会推向了高潮。

"做一个有方向感的诗人"

　　《诗刊》社第五届"青春回眸"诗会论坛在2014年7月8日上午举行，论坛主题为："对当下诗坛的审视"，探讨当下诗歌发展的新可能，论坛由《诗刊》副主编李少君主持。

　　《诗刊》常务副主编商震在发言中说，诗人是用自己的才华和创造力来对抗时间的，正如诗人艾青所说，"诗人永远是十八岁"。因此，"青春回眸"诗会的意义在于提醒诗人们要永远保持十八岁的样子，"心灵自由，性格率真，想象力丰富，创造性强，对未来充满自信"。

　　"永远是十八岁"是诗人们应该保持的一种心态，但要在实际的写作中持续做到这一点是何其困难。诗人胡的清说，一些诗人写到后面就越写越差了，这样还不如不写。她自己也有很长一段时间没有写诗了，"既然写不好，就不要生产文字垃圾了"。她想先沉淀一下，等缓过来再继续写。在她看来，诗歌是人的肉身从庸常的现实生活中伸出手来，向高处乞讨一缕照耀灵魂的光亮。因此，诗人应该永远像孩子一样，对一切充满好奇、充满激情，"写作可以中断，但不可以停止"。

　　诗人王自亮也曾经历过一段漫长的"写作空白期"。他在二十世纪八十年代初就写出了一批优秀的作品，于1982年参加了《诗刊》社举办的第二届"青春诗会"。之后的二十多年里,因为工作的原因,他毫无写诗的心境。近几年,他终于回归诗坛,陆续在多种刊物上发表自己的新作。在他看来,每一阶段的生命体验都是非常宝贵的,如果都有诗歌为证,那是多么美好的事情,"现在返回去看那段不写诗的岁月,我总感觉有些遗憾"。但多年的社会历练也让王自亮现在写起诗来更加得心应手,他说:"早年的写作更多出于炫技,而现在对社会、人性有了更清楚的认知,诗歌写作也逐渐回归到自己的真实内心。"

这样看来,诗歌写作的中断是很多诗人都会碰到的问题。但是也有一些诗人,他们一旦开始诗歌写作,就持续不断地写下来。诗人李南说,很多诗人的写作没有方向感,今天有感觉了他就写一首诗,明天没感觉就会进入创作的极度茫然状态。反过来,那些有方向感的诗人永远把自己当成一个行者,他的诗写永远处在一种"在路上"的状态。关于写什么、怎么写的问题也会经常使他感到茫然、不知所措,但凭借对于诗歌写作的多年磨炼,他会一直乐此不疲地尝试走在属于自己的路径上。

做一个具备方向感的诗人,不是要求他一定要不间断地写,而是要求他一旦写,就必须不断地进行探索。李南说,有方向感的诗人明白自己写作的绝对标高,使其写出的每一首诗都有它存在的理由和有效性。不仅如此,他一次次地实验,试图刷新古往今来的修辞与表现方式,他也必须经历一些语言、经验、感受力等诸多方面的冒险。他不容易被诗坛乱象所迷惑,而是本能地抵制时髦的学说、流派和阅读,坚持他内心的固执,不从众、不跟风,并有着得体的自信。"做具有方向感的诗人,正是我努力的方向。"

如何评估中国当下诗歌的创作成就,是诗人和评论家们热衷于讨论的问题。在本届诗会上,多位与会者对此问题的态度出奇一致。诗人靳晓静、潘红莉谈到,很多人一谈到当下诗歌,总是喜欢拿二十世纪八十年代来作参照，认为那时候是诗歌的黄金时代，而对当下诗歌却评价不高。但实际上，在现在这种安静的写作氛围中，很多诗人写出了非常优秀的作品。在微博、微信上，我们经常能读到让人眼前一亮的诗作，这些作品在观念和技法上都很值得称道。

诗人臧棣同样认为，当下诗歌创作取得了很重要的成就。有相当一批诗人都找到了自己的道路，写得越来越深入、越来越踏实，不再被所谓的诗歌时尚所左右，而是按照自己的诗歌目标在前进。他们的作品无论是对社会和现实的表达，还是对生存本身的呈现都非常深刻。而且，这些作品之间有着非常大的差异性，大家不再按照统一的标准、模式去表达。

但这样的评价并非"公理"，在诗歌界内部，很多人对中国当下诗歌的创作现状并不乐观。如果把这个问题放到大众、媒体的层面，当下诗歌得到的评价可能更低。这种两极化的评价让人产生很多的困惑。臧棣谈道，中国当下的诗歌创作是多样化的，但缺少一个统一的评价标准，从而容易产生不同的评价。在日本、美国等国家，一个诗人无论写得多么反叛、怪异，但他的作品总是能够和本国的诗歌传统发生关联，从而找到自己的位置和意义。在中国诗坛，我们缺少一个"主心骨"，对于什么是伟大的中国诗歌没有形成基本的共识，所以我们没有办法把诗人们的作品放到共同的平台上进行比较，对这些作品的意义也无法作出自信的判断。

文学创作讲究对人性进行深刻挖掘，但是在一些作品中，我们只看到人性的阴冷，却看不到一点亮光。在论坛中，诗人李犁谈道，过分的技术主义加上对世俗趣味的沉迷让诗歌中的理想色彩越来越淡化，一些低俗的东西犹如雾霾在作品中弥漫。在一些优秀的诗歌里，我们虽然看到了人生的真实和真相，但骨缝间渗出的阴冷和残酷常常让我们毛骨悚然。所以诗歌应该有更高境界，需要仰望理想，与此同时需要有温暖和爱。

有温度的诗歌来自有温度的诗人。在李犁看来,诗人要敢于发声,要和时代一起呼啸着前行,筚路蓝缕,休戚与共。诗人不能只顾自扫门前雪,要关心与自己毫不相关的事,诗人连同文本都应该切入现场,与他人一起流汗、流血、流泪。诗人不能只沉迷在把字词打造精巧的乐趣之中,也不能把头缩进自己的情绪里一味地放大自己的愁怨,诗人不仅需要成为"大我",更需要"忘我"。诗人的胸怀要像一个广场,让大家来踩、跳、跑,尽情地释放快乐和愉悦。有侠义的诗人才是大家,有侠义的诗歌才能大气。一个自私的诗人也许能写出几首好诗歌,但绝对无法写出与时代比肩的大诗歌。

我心在高原

7月6日上午,诗人们与玉树亲密接触,这是一个充实的上午,也是一个诗意的上午。9时,诗人驱车来到嘉那玛尼石经城。相传石经城由藏传佛教高僧第一世嘉那活佛创建,如今已是约长300米、宽80米、高4米、占地面积2.4万平方米、包含25亿块嘛呢石的石经奇观城,恢宏壮观,让人叹为观止。彩色的嘛呢石经堆、金黄色的经桶、飘扬的经幡构成一幅壮美的图画,让人的心里肃然而生尊崇之情。10时,诗人们走进勒巴沟。勒巴沟藏语意为"美丽沟",幽深、静谧,与通天河的喧嚣、壮阔相比,别有风味。沟内芳草夹道,流水潺潺,野花缤纷,鸟雀啁啾,葱郁的草木,神奇的水嘛呢石,壮观的山嘛呢……无不散发出神圣、神秘气息。相传文成公主入藏时曾在此停留,摩崖壁画《公主礼佛图》,虽历经千年,仍栩栩如生,让人瞬间有穿越之感。11时,诗人们走进文成公主庙。文成公主庙又称为大日如来佛堂,坐落在结古镇以南的白纳沟,距今已有一千三百多年的历史,是汉藏友谊的象征。佛堂依岩崖修建，精巧玲珑、幽静雅致。一进佛堂，但见正中高约8米的主佛大日如来佛，端庄稳重、娴静慈祥，让人顿生庄严之感。寺僧还取来珍贵的圣水，让我们啜饮。我们都虔诚地伸出手心，接取圣水，小心啜饮完毕之后，再用手涂抹头顶。此时，我就在想，我日渐荒凉的头顶，定会重回青葱。

7月7日15时，诗人们参观了赛巴民俗博物馆。机巧的雪豹、雄健的棕熊、威武的老虎、高大的牦牛等几十种青藏高原珍稀动物标本，矗立展厅，形象逼真，栩栩如生。康巴民俗用品、服饰及石器、宗教文物、法器和珍贵经文等，让我们充分感受、充分认识了康巴文化的独特魅力。随后我们沿着通天河，追随着大地上粼粼闪耀的波光、高天上变幻不定的白云，一路前行，赶往三江源自然保护区。当到达了通天河渡口的三江源自然保护区纪念碑所在地，站在台上，俯视下面的通天河，乱石穿空，惊涛拍岸；侧看身边的纪念碑巍然耸立，高大挺拔，气势雄伟。虽然不能亲至三江的源头，但想象长江、黄河、澜沧江，均在此保护区内生发、流淌，由涓涓细流，最终汇聚成大江大河，奔腾而去，不由感慨万端，诗人们纷纷合影、留念，也算不虚此行了。

7月8日下午，诗人还探访了巴塘草原解放军某部骑兵连，领略骑兵们"马作的卢飞快，弓如霹雳弦惊"的驰骋雄风和飒爽英姿，并有幸"骑着马，颠颠在格桑花的友谊中，/在美丽的巴塘草原小跑了几圈"，"做了一个小时的骑手"。随后诗人们登上观景台瞭望玉树全城，色彩艳丽、鳞次栉比的楼群，井然有序的街道，躺在蓝天白云之下。纵目驰骋，一座有着浓郁藏文化的、宏伟壮观的现代都市，奔来眼底。除此之外，诗人还参观了灾后重建的玉树新城，走进了草原牧民家庭，观赏了仓央嘉措情诗歌舞剧等，共同见证新玉树的美丽风采。

时间总是过得很快，而相聚又总是觉得太短。待大家已经适应了高原，领略到高原异样的美丽，与高原相知的时候，却又要与高原说再见了。7月9日上午,疾驰的汽车载着我们远去,我们的心中升起不舍的情愫,再见了高原,再见了玉树。我相信,此时此刻,唯有彭斯诗句能表达我们依依而去的情感:"别了啊,高耸的积雪的山丘,/别了啊,山下的溪壑和翠谷,/别了啊,森林和枝桠纵横的丛林,/别了啊,急川和洪流的轰鸣。/我的心呀在高原。"

诗刊

2015
青春回眸诗会

沈 苇

1965年生于浙江湖州,大学毕业后进疆,现居乌鲁木齐。著有诗集《沈苇诗选》《我的尘土 我的坦途》等7部,散文集《新疆词典》《植物传奇》等5部,评论集《正午的诗神》等2部,另有编著和舞台艺术作品多部。参加《诗刊》社第十四届"青春诗会"。获鲁迅文学奖、刘丽安诗歌奖、柔刚诗歌奖、《十月》文学奖、花地文学榜年度诗歌金奖、华语文学传媒大奖。

代表作 小酒馆

苦命人在酒精中旅行

昏黄的电灯,瘸腿的凳子

还有老板娘油渍斑斑的围裙

都是好的,都是温暖

一个羊头摆在桌上

吃得一干二净,露出骨头、牙

酒瓶空了好几个,撂翻

苦命人在酒精中旅行

划拳、叫喊,或长时间闷坐

已分不清南北西东

看出去的世界恢复了一点暖意

又可以去拥抱一下了

苦命人干脆唱起欢乐的歌

胸腔里,喉咙里

有轰响的泥泞、熊熊的火

这是男人们的豪情在迸发

惊颤旷野的死寂、寒星的梦

……他们的马静静地等在雪地里

打着响鼻,侧耳在听

在夜色里会心地微笑

新作 我的内陆

六行诗

正午,天地宏阔
阳光多得令人犯愁
这般羞愧啊
如此专注于个人的痛苦
在大地微微漾开的
宁静的动荡中

我的内陆

——读惠特曼有感

从噩梦中挣扎出来,自我变成抛在身后的
一处荒凉遗址:我千疮百孔的新大陆
终得以,从死亡那边去观察、沉思——
一滴水走过的路,一粒沙拥有的人间履历
"一片草叶的意义不亚于星星每日的工程。"
一日又将过去,"我不同忧伤打交道"。
所以我不怨怼,以唯心接受这唯物世界:
痛苦汇成的瀚海,痛苦蒸腾后的汹涌沙漠

当你从戈壁回来

当你从戈壁回来
怀里似火的红柳花
是荒凉不太荒凉的理由

白日梦里,你变成另一个
楼兰公主,龟兹伎乐
尼雅佛塔,小河卡盆
做一回胡杨和梭梭的亲戚
用古老的战栗、无言的呼告
摁住沙漠的惊涛骇浪

黄昏时分,沙漠安静下来
像你身体的再次诞生
柔和、温暖,似睡非睡
而另一个你,爱上了
词的迁徙、诗的西游记

在你不断离开的地方
美和个人史,总被搁浅
创世的一幕错过了你
现在,你恋上天空的奇幻秘境
——请喂你的羔羊以红柳花吧:
一盏启示录里的牺牲之灯

雪,写下诗篇

雪,写下诗篇
一首严酷的诗?
一首枯草般瑟瑟发抖的诗?
混乱的言辞,一再落下
落
下
覆盖大地,和太多的
无名者和缄默者
以及他们一生来不及说出的
伤痛、郁闷和孤愤
雪,安静了,不是因为冷漠
而是言辞终于贴近了
低处的心

遗忘之冬

颂赞或诅咒,都不能拯救遗忘
第三条道路通往叛乱的星河

风景将继续传播,但是空寂无人
无人的群山,只是一座座覆雪的孤坟

幸存者漂泊,用余生将自己修补
他已分裂成一些大漠、戈壁和孤烟

他还会从雪里挖出蚂蚁的食粮
将巨犀和猛犸,从幽冥世界拖出

不可抗拒的严冬,这个史前庞然大物
一屁股坐下来,就占领我们的版图

在喉咙刮过太多的沙尘暴之后
飞雪的、冻伤的嗓子已没有歌

向一朵花说话

向一朵花说话,请它微笑
向一粒麦子说话,请它饱满
向一棵树说话,请它继续生长
向众人说话,可倾听,或塞听

向空说话……空,听见了吗?
这每日每夜,包裹我的
虚无
又算是什么东西?

云半间

南天目山的一朵云
借竹海之苍翠歇一歇
仿佛厌倦了天空的流亡

你和一朵静止的云不近不远
就像一首诗和现实的距离
就像人和世界看不见的边界
就像这风景、这安谧
老僧半间云半间

当一朵云再度开始流亡
带动一个人内心的足音和步履
它用静悄悄的变形记
缭绕、飘移、弥散……
演绎无常与轮回
提醒我们,生命
将如何融入时空的苍茫

浏河雨中而作

雨中刹那,化身江南落汤鸡
替一株香樟或垂柳去颤抖

夜半梦见,"灿鸿"[①]收敛翅膀
三保太监、数万水军有八方航向

江尾海头,小镇也是一艘颠簸船
大水淼淼,欢迎落汤鸡继续落汤

---

① 灿鸿,2015年7月11日登陆我国浙江省的台风名。

天妃宫、通蕃碑,懂得大海心
一些名址,风暴中洗过酣畅澡

一些生灵、一些念想,抛锚又启航
在宿命星球、湿的江南版图上

随笔　"一带一路"背景下,诗歌何为

在台风中开会,对我来说还是第一次。江尾海头的浏河,使我们领略了"灿鸿"的热情,雨中刹那,变成一只江南落汤鸡。当我们变成落汤鸡之后,更能理解、体味海上丝路和海上风暴,以及郑和以浏河为起锚地七下西洋的艰辛、不易。向西,则是另一条艰辛的路——陆上丝路,叶舟称之为"宿命的版图",那里有漫漫长途、无尽头的沙漠,可怕的沙尘暴……法显、玄奘、马可·波罗等都见证过路途的艰辛。有一个统计,从公元三世纪到八世纪,共有169位中国求法僧沿丝路去印度,平安回国的只有42人,他们中的大多数为求法而舍身丝路。陆上丝路和海上丝路,演变为今天的"一带一路",是对历史的承继、发扬和敬礼。

"一带一路"将丝绸之路这一"地理神话"转化为"国家叙事",代表了一种新思维、新眼光、新视野,涉及政治、经济、文化等诸多层面。近百年来,复活丝路的呼声从未停止过,具有远见卓识的瑞典探险家斯文·赫定说:"中国政府如能使丝绸之路重新复苏,并使用上现代交通手段,必将对人类有所贡献,同时也为自己树立起一座丰碑。"中国政府倡导建设"丝绸之路经济带"和"21世纪海上丝绸之路",意味着新的历史机遇期的开始。

丝路与诗歌,是一种怎样的关系?在"一带一路"背景下,诗歌能做点什么?这同样需要从多个层面来分析。诗歌,首先是个人的事情,因为写作是一门高度个人化的手艺,是一门特殊的情感知识;其次,诗歌是文化的事情,因为诗歌参与当下文化的建设与进程,重塑时

代和我们的心灵;最终,诗歌是文明的事情,因为诗歌面向未来,如帕斯所说,诗歌是"人类社会未来形象的楷模"。"一带一路"倡议的提出,在文化层面上,我首先想到的一点是:对话与交流。诗歌,正可以成为当代对话与交流的"使者",它越过语言的边界,是人类共同的精神分享。以诗歌为代表的深度文化交流,对于今天这个"全球化"和"地方性"并存的时代,对于地区与地区、族群与族群、国家与国家、文明与文明来说,已显得十分重要。

李希霍芬命名的"丝绸之路",历史上不仅仅是一条商业贸易通道,更是一条东西方的对话之路,文化、思想、宗教的传播之路,留下文明交流的传奇史。丝绸之路在唐代达到鼎盛期,"商胡客贩,日奔塞下","石榴酒、葡萄浆、兰桂芳、茱萸香",这是古人见证的丝绸之路。发端于汉代的边塞诗,到这时也达到极盛。唐朝有一种海纳百川的胸襟和气度,是一个融合型、国际化的黄金时代,无疑与丝绸之路的通畅和高度开放有关。唐代胡风盛行,是一个胡服、胡食、胡乐备受青睐的时期,对舶来品的迷恋是唐代生活的一大特征。美国汉学家薛爱华有一本书《撒马尔罕的金桃:唐代舶来品研究》,是专门研究唐代舶来品的,写到了近两百种舶来品,有十八类。单拿植物来说,就有几十种,今天带"胡"字和"西"字的品种,都是从西边过来的,是"植物移民",如西瓜、胡瓜(黄瓜)、胡椒等。葡萄、石榴、无花果,就被誉为丝绸之路"三大名果"。张骞出使西域,没有带回皇帝想要的汗血宝马,但带回了葡萄和苜蓿种子。植物的迁徙,同样包含了许多文化交流的记忆和信息。

有一种诗歌文体,柔巴依(鲁拜体),扮演过古丝路文化交流的"使者"。柔巴依是波斯——突厥民族共有的古典四行诗样式,有一种说法,它的产生与唐代绝句有关,是从唐代绝句脱胎而来,并由生活在汉地和长安的胡人带到了波斯——突厥地区。我们知道,源于六朝乐府的四行绝句，到唐代才真正到了一个成熟期和极盛期。柔巴依的巅峰之作是奥马尔·哈亚姆的《柔巴依集》（又译《鲁拜集》），被誉为"波斯诗歌的最高典范"，只有一百零一首、四百零四行，在全世界有五百多种译本，译本之多仅次于《圣经》。最名贵的一本，牛皮封面珠宝镶嵌，1912年随"泰坦尼克号"沉入了大西洋海底。丝绸之路也被叫作玉石之路、香料之路、瓷器之路等，与此同时，丝绸之路也是一条诗歌之路。从八世纪开始，唐代绝句、波斯柔巴依、西域柔巴依，再向西，追溯到希伯来情歌（《圣经·雅歌》），在东西方的天空下交相辉映，成为古典主义时代的一道文学奇观。我在十年前写的《柔巴依：塔楼上的晨光》一书中，曾用大量的史实和诗歌例证，将"丝绸之路"改写成了"柔巴依之路"。

今天，从表面上看，东西方交流已在更广泛的领域展开，非古丝路时代能相提并论，但在"全球化"背景下，我们仍能感受到两个世界之间的差异，以及隐藏在骨子里的"古老的敌意"。正如英国小说家吉卜林所说："东方是东方，西方是西方，两者永远不会碰上。"

最后想说的是，每个诗人都有自己的"一带一路"。诗歌是一种个体劳动，是高度个人化的创造和修为，也是一个人的神话和宗教，向内向外，既大又小，雌雄同体，悲欣交集。当一个诗人坐下来写作的时候，他是单独者、真正的"个体户"，是"言之寺"的僧侣，对自己的母语、写下的每一行诗，负有运命和天职。宏大的"一带一路"，有时会变成具体而微的"一带一路"，譬如他生活的城镇、村庄和家门口的"一带一路"——林带的一棵树、一丛灌木，或路上的一位老人、一个孩子，都与他有着更真切的关联。由此，构成个体经验的唯一性和切身性，以及写者与世界的命运共同体关系。

龚学敏

1965年生于四川九寨沟。二十世纪八十年代开始诗歌创作。已出版诗集有《幻影》《长征》《雪山之上的雪》《九寨蓝》《紫禁城》《钢的城》。

九寨蓝 代表作

所有至纯的水，都朝着纯洁的方向，草一样地
发芽了。蓝色中的蓝，如同冬天童话中恋爱着的鱼
轻轻地从一首藏歌孤独的身旁滑过……

九寨沟，就让她们的声音，如此放肆地
蓝吧。远处的远方
还是那棵流浪着的草，和一个典雅而别致的
故事。用水草的蓝腰舞蹈的鱼
朝着天空的方向飘走了

朝着爱情和蓝色的源头去了

临风的树，被风把玉的声音渲染成一抹
水一样的蓝。倚着树诗一般模样的女子
在冬天，用伤感过歌声的泪
引来了遍野的雪花和水草无数的哀歌，然后

天，只剩下蓝了

新作 声声慢

在济南柳絮泉边读李清照《声声慢》

坐多远的飞机才能抵达《声声慢》?
居士的影子早已被泉水的柳絮洗白。
在济南,我用涂了胭脂的机票哀悼过往的大雁。
我的句子近视,
分不清病危的报纸的雌雄。

柳絮不再,可是我的头发白了。
失恋的泉水饮得我酩酊大醉。在宋时,
奸佞也尚文笔,并且,
用上好的汉字写降书。
我这一醉,柳枝就用宋词戳我的脊梁,
直到今生,我的诗句还冒着冷汗,
像是电影里剧情虚假的光线,缝补着的衣衫。

在济南。唯一配得上线装的只剩李清照三个字了。
汉语被装载机分拣到一本本减价书
粗糙的高速路口。

南飞的雁,在金属们焊接成的空隙的枝上,

和雾霾一起画着昨日饮酒的黄花。
一位在汉语中收拾时间的女子，
在宋朝的屋檐下躲雨，随长袖的手，
用一根叫作词的木梁，
给我支撑着半壁宋朝的房子。

一位叫作宋的男子，弱不禁风。
秋凉了，把词做的补丁打厚些，
可以给汉语驱寒、保暖。

在济南。那么多高楼说话的声音终是没有遮住，
那眼柳絮的泉。
我要让写出的字像涌出的泉水那么慢，
要比李慢，
比清慢，
比这个照还要慢。
飞机是悬浮的絮，姐姐，我把它填在哪首词里？
可以生动整个济南，还有比济南还要广阔的汉语。

在罗江庞统祠

在落凤坡。一支箭钉在白马没有跃过的，
空隙。蜀字在枯了的柏树上喘气，用手工，
想象一些天气的源头。
罗江大义，伸手接住了线装的三国中，
那页散落的雏凤。

献计的石头,用霸业的苔藓与我耳语:
乌鸦是旷野唯一真实的名字。

我把诡秘的石头筑成房屋,在窗棂上拴马。
屋外是涂着胭脂的白马,只一笔,
成都从此不更名。
屋内是狡诈的粮草,用水说谎,
用江山的药壮阳。

其实,射落在坡下的是一句话。
庞统兄,我纵是话家,也不敢言语了。
在落凤坡,杂草在没有凤的新书中疯长,
汉柏死在了朝天空走去的路上。

有人用豢养的竹子写字。肥硕的乌鸦,
把藤蔓伸进了演义。

庞统兄,落了也罢,
因为三国的电影,已经再也不演义了。

在古汉台观石门十三品

石门有品。遗在门外的雨是雨,让汉树发芽,
滋润褒河中用鱼唱歌的女人。

石门有格。落在门里的雨是汉字,筑台,
把汉中这个地名,从群山茂密的词典中读出声来。
分成南北,
一句把身着长袍的石头雕成书中的敦厚,
一句把水衮成雪,从此英雄不曹操。

再随手,把线装的《史记》中那棵长势茁壮的庄稼,
称作栈道。

一粒叫作汉中的种子,可以让摩崖上种下的鸟鸣,
春暖花开。我是汉台上遗下的一抹汉香,
过了唐宋,浸在明清桂树的水里读些闲书,
像是石头上站着的字,久了,也会仰天,
也想带些笔画,像是仗剑,去救那些花朵的香。

汉中是一剂救命的中药。给我的诗句顺气,调理,固体。
在古汉台,汉字们依旧茂盛,女人们的胃口,
和庄稼的长势一致。我在词语的空气中制造家具,
包括宽阔的椅子和安置典故的桂荫。

雨淋在汉字身上,
我在江水的留白处,饮酒、吟诗,无所事事,
只是等着,
汉家的第十四品。

中国民歌之《在那东山顶上》

所有的飞机都从被藏语垂怜过的尘世飞了上来。
我是东山顶上仅有的月亮制成的感动,装在,
玻璃的树上。

冰雪们正在靠近我渴望的一种姿势。树在天空中飞翔,
果实是我们爬行的思想。在那东山顶上,
如果月亮是白白的,
那么,我们的灵魂注定是脏的。

众音在水面上合鸣,麋鹿们舞蹈,月亮在前方领唱。
东山脚下,一条大河在恸哭,像是我的青春。
我和一位僧人在风中微信。语音中的东山随风飘浮,
我不动。
歌谣们不动,时间飞到了头颅的上方。
僧人把月亮播在女人怀中一个叫作东山的面容中,
是种子,是转身时洒落的时光。

在那东山顶上,我说出的声音,被飞机
从青稞地长出的翅膀,
扫走了。

听老照片的故事

在浏河,台风消逝在老照片黑白的故事中。
大闸蟹把光线的壳蜕在老街的转角处,
一滴散步的雨,试图淹没我的整个名字,
我把她们种在河中,雨朝天上走,成妖,
成不远处素面的爱情。

一百年,再黑的夜都会被光阴洗白。
散落的白昼在天上飞。白鹭被我的谣言击中,
四溅的羽毛里,
哪一丝轻,都比一百年的时间沉重。

在浏河,船在发芽,娇小的乳房在台风中
成为老照片的种子。
风姿们柳树一样站在我一分钟后流泪的
任性中。我不忍心她随风,
要随所有船的根,随一百年都不曾颠倒的黑白。

在浏河,老照片坐在青石桥说话的雨天里,
撑着伞给生病的声音买药的我,
一失足,黑发便白了一半,
像是故事中芦苇们的情节,
药一饮下,爱情便成了黑白。

随笔 我们对过去同样地无知

　　从高原来到川西坝子生活已经整整六年了。之所以用川西坝子，而不是用成都平原这个词，是因为川西坝子这个词给我的感觉相对来讲要可靠些。对于同一个概念的成都平原而言，给我的感受则是一种不安全感，一种人生的渺茫、繁杂和无助，高速的发展和城市贪婪的扩张会让每一个敏感的人经受无法知晓的恐慌。从这个意义上讲，我是一个愿意朝回走的人，因为成都平原这个词正在越来越多地丧失诗意，丧失从川西坝子演绎而来的它本身已经积聚起来了的许多诗意。

　　我和身边的有些诗人、有些朋友不同，他们热衷于迎接崭新的事物，热衷于用诗歌的形式给这些崭新的事物命名，并以此作为人生目标，沉浸在生命被某种意义上的延长而产生的快乐之中。

　　前不久，弟弟陪着老母亲从高原上下来，到省城的医院做一次体检。和母亲聊天的时候，我极力地找一些我在成都生活、工作都很好的话题，讲一些多年在外的我让她放心的故事，以此证明城市很好，并且想要留她在成都和我一起住一阵子。老母亲是个有主见的农村老太婆，临了，她说：成都有什么好？等你退休了，还是回山里的县城住吧。老母亲说这句话肯定有她诸多原因的，我猜不透，不想问，也不想猜，甚至是不敢猜。我想会不会有其中这样一个原因，她早就看出了，她这几天在成都的大寺庙里拜过的菩萨和家乡县城边小山顶上小庙里供着的菩萨是同一个神灵。不要小看这个问题，人的无知往往就在此处，都认为自己已经明白的地方，恰恰相反，就是我们不明白的地方，不信，你看那些名刹与野寺的际遇。到了此处，就这么一想，我这多年的书是不是白读了？我这多年的所谓世面是不是白见识了？我不停地换工作单位想要使自己看透更多的东西是不是白折腾了？一切似乎又回到了原地，回到了童年，回到了我们无法选择的原形。这么多年写诗会不会也是这样？这一问，我把自己问出了一身的冷汗。

　　前段时间，参加完一个诗会，在回家的车上和几个诗人聊到会议研讨的话题，我说，有些东西不在于它是不是从我们眼前消失，而是在于它是否存活在我们的血液里，是否进入我们的遗传基因。比如，为什么大多的人惧怕蛇和老鼠？有研究表明，在人类的早期，蛇和老鼠把瘟疫传染给了人类，让人类几近灭种，于是这种惧怕便一代代地遗传了下来。同样，一些美好的、诗意的情感伴随着人类的成长也会进入我们的遗传基因。今天，在我们感慨诗意离我们越来越远的时候，我们是不是要不停地提醒自己，我们应该回过头来朝身后看看，因为我们对过去同样地无知。

周所同

1950年生于山西原平，大半生从事编辑工作，出版过几本薄薄的诗集，偶尔也获过一些诗歌奖；爱诗依旧，写诗却不成气候，只能算是半个诗人。

给母亲

<small>代表作</small>

与你相遇之前,未出生之前
我什么也不是什么也没有
恍如一粒草籽,无名无姓的草籽
叫我鸡,我就是鸡,叫狗就是狗
叫我瓦罐或水桶,我也会失声答应

第一个抱起我,喂我第一口奶水
第一双眼睛,看着我的眼睛
什么也不是什么也没有,我有了你
躲在你的纽扣后面,一粒草籽
用两颗乳牙,喊了一声娘亲

什么也不想是,什么也不想有
跟着你,我只认你的鸡你的狗
只想做你手边的瓦罐和水桶
除了卑微除了轻,一粒草籽的爱
仅有两片叶子,却承受你一生的凉荫

除了爱,你什么也没有,什么也不要
只要一盏灯,梦里为我打开房门
我还是那一粒草籽,又小又黑

一样什么也不想要,什么也不想有

除了你还在,还能应答我一声……

新作 10行之内

青春回眸：留言

我已放下身外之物
平静接受孤独、寂寞、迟钝、衰老
和清闲；
青春只是怀念
那么明亮、远，那么一闪

现在，我就是一件旧衣服
还算干净，洗一洗可以继续穿
偶尔写诗，下棋
是寻找亲人分辨黑白
是想说：一杯清茶不怕愈饮愈淡

寻人启事

一个人丢了，两个三个许多人
一个跟着一个集体丢了

身穿酒色衣服，头戴黑白帽子
身高体重籍贯不详，常在名利场
炒股，只做权钱交易，操五湖四海

口音,最大嗜好认钱不认良心

面带愈贪愈嫌少的笑容

请留意他们相似的特征

知其下落者,可直接拨打110

但我是穷诗人,没有赏金

马伦草原赋

孤高、冷僻,闲人一样

散漫;风里的羊群和马匹

像排比句,随草浪起伏

两只锦鸡三枚鸟蛋是遗世的

秘密,也是递进的闲笔

至于美,是看见先于想象

或想象先于看见? 都是对偶句

被一座山举至空中

远而独立,像万物拥戴的真理

蚂蚁小令

雨中,一只蚂蚁死了

死了还抱着一粒米

许多蚂蚁围过来

又小又黑默默围过来

——一个祭奠送行的花圈

之后,他们抬着它向前走去

身后的泥水、草叶、花瓣

集体承受一粒米的爱与悲哀

雨停天蓝,伤心的蓝

蓝得仿佛刚刚出生……

山中一夜

野杏花正开

黑夜也是白的

恍惚一个叫杏花的女孩

喊我……我送她一枚鸟蛋

作为交换,摸了摸她的刘海

比梦更深比远更远

差不多忘了五十年又想起来了

窗外,水声漫溢山野沉浮

一盏灯,像个孤儿……

也说石头

忍不住抚摸过它的人

已经走了。它冰冷的表面

有了苔藓的秘密和温度

不会走动的石头

跟着抚摸过它的人走了

留下来的样子

像它弃在原地的一件衣服

被风吹来吹去

倾　诉

我想年轻,是已经老了

想走得快些看得远些

是腿脚不便眼也花了

想唱想听,是嗓子哑耳朵也聋了

想登高,是血糖血压比山高了

想去老虎豹子出没的地方

是少了冲动少了野性的花纹

愈想不去想愈不平静

是远处的大海追上来了……

自我鉴定

一生食素,喜欢粗茶淡饭

不杀生也不想混入什么天堂

有米充饥有水止渴就挺好的

活得散淡,喜欢三尺清水

养一片闲云。至于卑微和清贫
就不说了,相似的人太多
而我属虎,还藏着低吼长啸的花纹

像两色笔,黑的犯错红的改正
我喜欢这样写诗这样抹掉身后脚印
留下一片白,正好隐去我的姓名

断　章

上山下山,一条路上
来了又去。空白
留下空白,我填了很久

散乱的风一直吹,一直吹

焚烧断裂的枝叶,我是
滚烫的石头,独白的烟雾
咩咩叫着的青草和羊只

在慢下来的日子里
伤逝,奔跑,直至无语老去

在这条路上

说离去已经回来,说再见
已经相逢,说千里迢迢
其实已经无限靠近

河流独语,倾听无声
挥挥手,袖口刮来迷眼的大风

在这条路上,带走是留下的
相忘是记仇一样记住的
忧伤有点蓝,不知蓝给谁看

素描:两只小羊

两只小羊一面草坡
云浮上来,披在身上
什么也不说什么也不用说
你吃草我也吃草
残雪触动返青的口唇

活着。相互靠近
什么也不说什么都说了
简单的爱会脸红

像一个认错的孩子

一 闪

上山的云彩下山的流水
草丛里藏着两只锦鸡
一雌一雄,这人间的秘密

一闪,山上的风吹来
又一闪,坡上的草低下去

它们看着我,害羞、胆怯
更紧相拥,一闪又一闪的羽毛
和眼睛,我装作什么也没有看见

二重唱:浏河老浮桥

老来方知名利轻,何如草木伴徐行。
流水不问前朝事,只借波澜唱一声。

在原地。跟水一直走
渔火、宋橹、兰桨都是波澜
都被最小浮萍藏着

丝竹吴歌里,轻愁
若鱼,若秘密暗绿的耳语

直到我来

千年苔藓落下阅世的大雨……

随笔 与诗有缘的山

芦芽山,不很著名却很美,且与诗缘深。第十二届"青春诗会"和首届青春回眸诗会都曾在这里召开,这一切全因这里住着一位诗人,他一边写诗一边为诗默默做着事情。去年春天,应这位诗人朋友相约,我再次进山,同行的几位年轻诗人被这里的景色迷住了,只顾拍照,风吹着"嚓嚓嚓"的声音,仿佛他们也是风了。

吹来吹去的风吹过去了,诗却留下来,与山一齐成为回忆。

那羊群一样漫山遍野的桃花、杏花和野花;那白得不能再白,蓝得不能再蓝的云彩和天空;那干净清澈得不能比喻更不能描写的泉水、湖泊和河流;那万年冰洞紧挨着冒烟的火山,如何想象也无法释疑的奇幻;悬空的寺庙、云端的古寨,绝壁栈道深处闪出千年悬棺,而香火氤氲,鸡犬相闻,若想抵达,即便借了鹰的翅膀也难;上山的云雾、下山的瀑布,草木丛中的锦鸡与小兽,看你一眼,那羞涩的神态,真叫人平添爱怜;如果是黄栌红枫的秋天,经霜的草木一夜间红了、黄了、紫了、斑斓了,简直美得决绝、彻底,又略带忧伤或留恋;这时登高,忍不住一声浩叹,山川草木,包括时空,都是流动的波澜;而水生万物,这里正是一条大河——汾河流水哗啦啦的源头。

"我热爱大自然,其次就是艺术。"瓦特·兰德说出了我的心里话。在这里,我读诗、读现象学,也读相对论,相信"自然更接近真理的光泽"。我想倾诉、献诗、自我鉴定,也想虚拟童话、戏言、断章和拼图。大自然给了我大自由,这组《10行之内》的短诗,几乎都是在山里看到想到的。只是,在成诗的过程中,我有意模糊、忽略了一些具体的物象,而特别强化了那些抽象的、主观的感悟。对我而言,《10行之内》都是试验品,是否言之有物,值得品味,又能交代读者,我不敢肯定;可以肯定的是,这些诗是美丽的芦芽山给我的,我的喜欢、热爱、向往全在这里,而现象即存在,它若合理、有根,就会活下来,这是芦芽山的草木,给我的诗的一点启迪吧。

爱诗写诗近半个世纪,没成什么气候。年轻那会儿想参加"青春诗会",老师没收我,现在回眸青春,所幸还与诗在一起,还想在诗面前做一个学生,这是真心话。唯愿我的诗还有枝叶和果实,还有人想看它一眼,倘若值得再看一眼,他就是我的知音。最后,借用古龙的话:"我来过、活过、爱过,这已经足够。"世界这么大,人却这么小,"偶尔,我也会自己喜欢自己／是平庸的人爱着平庸／是记住我和忘记我一样容易",何况,"而我属虎,还藏着低吼长啸的花纹"呢。

张　烨

女，生于上海，系上海大学教授，中国作家协会会员，主要作品有诗集《诗人之恋》《彩色世界》《绿色皇冠》《生命路上的歌》《鬼男》《隔着时空凝望》及散文集《孤独是一支天籁》等。参加《诗刊》社第五届"青春诗会"。作品被翻译成英、法、日等语言。

代表作 高原上的向日葵

你爱这一片辽阔无际的红土地
瞧你挥洒的金色情感
辉煌又漂亮,馨甜
如同婴儿笑唇的乳香

有谁知道你的忧伤呢
鲜红的忧伤流淌在躯干
沉淀在根须
默默地渗透土壤,高原微微震颤

在你的转盘里嵌满的全都是
灰黄色的小茅屋
旋转,强烈而飞速的节奏
向着太阳旋转着你的痛苦和希望

当阴暗的天空没有一丝阳光
当你嫌一个太阳还太少
你的每一个转盘都变成了太阳
千万头金狮腾云狂舞
高原的天空燃烧得火辣辣的
金红的喧响格外悲壮

你深信每一间茅屋都将是宫殿

从茅屋里走出来的人

个个都是帝王

新作 雨中塔尔寺

美丽的坎布拉

坎布拉！美丽的坎布拉！
青海还有何处比你更美？
连歌声也沉默了
连飞鸟也凝定在半空了

高山上,香雾拂面
深渊下,绿湖举着十万朵雪浪花
像一面魔镜,制作幻景
多么超然,孤寂在遥远的地方

荒僻使人心静
烦恼的人们只要见到你
灵魂都能长出一棵忘忧草
迎着坎布拉的韵律,曼舞歌唱

谁是第一个见到你的人？
目光轻轻一触,感到你在等我
从我凡尘的瞬间
静候神秘的到来

玻璃人

我们居住的城市是一个巨型万花筒

晕眩、气闷、依赖空调

我们日夜旋转在光和图案之中

无数陌生人在玻璃幕墙上闪来闪去

电锯声回荡，玻璃尖叫

被一种程序设计、监控、输入电脑

我们都是玻璃人

为易碎的自己，交税

交名目繁多的保险费

我大概属于那种最大的玻璃

总是在新技术面前恐惧、茫然

微博对短信说你落伍了

微信对微博说你也落伍了

而它们一致揶揄我

"你落伍了

你又落伍了……"

唯一的抒情是内心的反讽

被飞旋牵动，我无法安静

无法读曹雪芹的梦

被灯瀑击晕。我无法与嫦娥倾诉

月亮！月亮！冷凝芳香

是谁在月亮诗篇上

烙臭跑鞋、大脚印，浇可口可乐
神话很轻很轻，像我们一样易碎
唯一坚硬的是站着的灵魂
灵魂的幽深

爆竹声在闹市横行霸道
立体声在闹市隆隆翻滚
看不见的暴力，看不见的碎裂
一种躁狂的克隆元素觊觎人类
在最后的道德底线徘徊
城市，气候日渐变暖，没有雪
却有碎片飞舞的雪

凝望远方
拈花微笑

雨中塔尔寺

从空中抽出无限思绪
混湿四山，萦绕塔尔寺
灵迹闪动，梵塔群愈加洁白
在每双眼里肃穆和澄明

他们来自东西南北
他们与我之前所见的朝圣者不一样
心像祈福？还是满怀罪咎？我无从知晓

他们五体投地，趴出一汪汪水花
像鱼那样在浪中颠簸
朝向广大无量，朝向无色界

从自我走出来，我也学着
转钟、摸石头、点灯，莫名地绕圈
争盼活佛摸一摸前额
佛说：把沉重放下
把烦恼抛开

我一直在追寻某种意义
任何意义都伴随痛苦的过程
无异于勇敢的探险

混乱和欲望在世上蔓延
放纵嘲笑节制
污浊驱赶纯洁
这个世界倘若没有了敬畏与信仰
会是怎样？

远望塔尔寺
雨丝依旧。更粗放了些
塔尔寺，又增添了什么？

火车奔驰

火车奔驰在闷热天空下的绿原
整个下午我都在梦境的朦胧中度过
像一只鸟儿在摇晃的树梢沉沉睡去
仿佛是突变猝然惊扰宁静
又仿佛一生中某一个微妙的瞬间蓦地亮起
我重新感受到最强烈的激动和欢愉

火车又驰过某一个站
就像流失了好几个年代
我再也记不起一个个站以及辽远的梦
眼前出现的仅仅是闪电与雷鸣
那突然把我震醒的闪电与雷鸣

夜过一座城市

火车的呼啸传到你这里已成为微风
微风轻轻走过不触动周围什么
但花草已经认出,涌起战栗、低唤
今夜,我也是一阵微风

航海记
——谨以此诗献给航海先驱郑和暨七下西洋起锚港太仓浏河

公元2015年7月11日
一群诗人相聚刘家港①码头
时间之手为他们打开610年前的今天

一声铁锚震响天宇
一幅浏河三万官兵《开洋起航图》
渗出海风咸涩的气息

起航日比哥伦布航海年长87岁
208艘海船,航海先驱郑和站立船头
高大挺拔,一座移动的山峰

遥遥作揖天妃宫,挥别
倾城而出的太仓父老乡亲
启航令如千斤铁锚永远碇泊刘河港

浏河!浏河!
先锋从这里出发
去往一片未知的土地

血液在海的脉管流淌

---

① 浏河史称刘家港、刘家河、刘河,被称为"海洋之襟喉,江湖之门户"。

梦想与巨浪的火焰一起汹涌

向死而生,卸下一切悲观和恐惧

黑夜的风暴

包围船舷,轰响,如万炮齐发的敌军

每一张帆回荡过凄婉动人的绝唱

如果,开辟新世界必须付出残酷的青春

男儿的躯体

便是抛入海底的锚

海的先锋以振羽凌空的气势

站着,是火山的激情

平展开来,是经久不息的飞翔

在你打开世界的同时

世界也打开你。开洋七次

所有离开的路都是回家的路

航船装满三十余国色彩各异的语言

阳光照抚冬日的灰白[①]

将眉梢的盐霜吻吮

穿越海的炼狱的爽朗笑声

远逝,山峰消隐烟雾之中

[①] 郑和第七次下西洋已是年近六十的老者了。

却为浏河的后人

展现一条愈加簇新、飞驰
更辽阔的航路
而诗人们开始思考

[随笔] 我在第五届"青春诗会"

1985年8月的一个晴日，来自全国各地与会的十二位青年诗人相聚在贵州。虽则彼此从未谋面，但当人与作品一经对号，便很快互相熟悉起来。五位男性诗人，杨争光、何香久、何铁生、陈绍陟、王建渐；七位女性诗人，孙桂贞（伊蕾）、唐亚平、刘敏、华姿、胡鸿、王汝梅、张烨。不知贵州当地哪位说了一句，还是女的多嘛，阴盛阳衰啰。大家都笑了起来。我们还首次见到了《诗刊》社负责带队的两位编辑寇宗鄂、晓钢老师，贵州《山花》编辑何锐老师、《花溪》编辑叶笛老师。那个年代中国的诗人多半是含蓄内敛的，然而即便如此，你也能从他们步态、声音、眉梢、容光感受得到发自内心的喜悦和自豪。你知道参加举国瞩目的"青春诗会"意味着什么吗？你这是进入诗歌的"黄埔军校"啊。记得我出发前一位上海诗友对我如此说。他羡慕的眼神我至今记得。

贵州的八月，树木茂盛，绿溅溅的，似乎要将满枝叶的绿倾泻下来。记得我们当时是住在一个学校里面，环境很幽静，在那里，我们这拨青年作者开始了紧张的构思创作阶段。四位编辑老师负责审稿。我们中有几位多次通不过的，那就不停地改稿、再改稿，其精神压力不言自明。哪怕在休闲游玩的时候，他们也很少说话，多半是想着、念着自己的诗稿。

给我印象最深的是在我们乘车前往遵义的途中，漫山遍野一望无际的向日葵。用金色的海洋喻其之美？不，那种壮观景象是无法用言语描写的。我的内心很激动，不知为什么，一看到向日葵我就会想起自己浙江故乡的村庄,想起我最喜爱的画家凡·高和他的画。当我们的车一进入遵义乡村,就看到一大片冲击视野的小茅屋,看到茅屋旁、茅屋后的向日葵以及站在屋外对我们好奇张望的村民们,我即刻将向日葵同高原人民紧紧连在了一起。那一个个历尽沧桑的形象简直就是从罗中立油画《父亲》中走下来的。

一进入茅台酒厂烟雾升腾的工场间,只见酒糟喷发着滚烫的气体,熏人的气味令我几乎晕眩。烟雾中的几十位工人,看不清脸庞,只见他们光着脚、赤裸上身、躬着腰、喊着号子、挥汗如雨地在50摄氏度的高温下劳作。被这个场面深深震撼,我们几位女诗人,还有晓钢老师,竟不约而同背过身子抽泣起来。这简直是天工开物的场面!叫人惊心动魄、刻骨铭心(比起后来我们看得到电影《红高粱》中的酿酒场面不知要震撼多少倍)。那晚酒厂设宴,一瓶瓶价格昂贵的茅台酒荡漾在酒杯,诗人们起立致谢,举杯的手微微战栗,却是谁也不愿喝一口,这分明是工人们的血汗呀,又一次集体沉默。这就是我们二十世纪八十年代的青年诗人和敬业的编辑老师们,对祖国贫困而艰辛的人民发自内心的爱与疼痛。

就在那天深夜,我写下了《高原上的向日葵》。

无所谓灵感,无所谓天分,是人民,是祖国的大地造就了诗人。

张　战

女,湖南长沙人,湖南第一师范学院文学与新闻传播学院副教授,中国儿童文学教育研究中心理事,中国作家协会会员。参加《诗刊》社第十三届"青春诗会"。在《诗刊》《星星》《芙蓉》《湖南文学》等文学刊物发表诗歌及散文若干,出版诗集《黑色糖果屋》。

听鸟

代表作

夜鸟不安
凌晨一点
它还在鸣叫
不像是睡梦中模糊的呓语
踢弟哩,踢弟哩,弟哩,弟哩
它焦虑地呼唤
突然又松懈下来
推喂儿
哀哀弱哑的一声

我熟悉这只鸟
它的窝就在我家阳台
蓬蓬密实的忍冬花丛里

白天
我采摘忍冬花
用它和薄荷叶一起泡茶
我不知它那时在不在窝里
它是什么鸟
春天,它该生蛋了吧

不敢去打搅它

有时,一道暗黄的光掠过

像一块石头

噗一声坠入忍冬花丛

我知它回来了

听声音应该是只鹪莺

黄腹粉脚

编织的窝像一只口袋

春夜,月亮就像一枚莹白的鸟蛋

发着毛茸茸的光

如果我躺在床上

变成了树

我会伸出我的根须

穿越坚硬的七层楼板

深入到地下

找到水

然后我生长

枝繁叶茂

鸟儿

我会请你到我身上做巢

看看我的手指

顷刻间绽出了绿叶

[新作] # 陌生人

我心疼今天傍晚的夕阳

我心疼今天傍晚的夕阳
我跑向你,脚步踉跄
你那么柔弱
仿佛灰盆中最后一块炭火
风用力吹啊
风也不能把你吹得更亮

天那么高
草那么低

夕阳啊,你那么大
你就要隐入那个山垭
眼睛眨一下
红红的橘子
要落到黑井里去了

你的笑容像一个菩萨
你以静默向世界道歉
还有那么多名字没有喊出来
还有那么多火柴没被擦亮

我心疼今天傍晚的夕阳

我要抱着他软软的肚子不让他离开

我不想知道在地球的那一边

他就只是一颗星星

是一颗忍了一辈子

都没落下来的眼泪了啊

一日又将尽了

暮色像一条灰狗

摇着尾巴

跟我往山上走

天越来越紫

山蹑着足

悄悄围坐到一起

风吹到远远的天边

一日又将尽了

想着我今日遇见的脸

哪张是欢喜的　哪张哀愁

栖在石阶上的蜻蜓

青灰色的翅膀还能飞多久

想着我脚上的青花布鞋

踩得越久　越柔软
想着善良的人　为什么总是苦难
想着狗狗突然抬眼望我
泪光莹莹的样子

我不理解狗狗
我也不问为什么
可是狗狗嗅过那根狗尾巴草
我也跪下来　闻一闻

清晰地喊出我们的孤独

呆呆站在树林里
我向你告别
我看着你的眼睛
好像我在用瞳孔呼吸

那条小路的尽头
栾树上挂满明灭的灯笼
一片树叶落下
树林悄悄发生了变化

一棵树把另一棵树拉进怀里
簌簌落下了露水
多凉啊
过些天,露珠会变成白霜

就像揉碎的月亮

突然一只鸟叫了

清晰地喊出我们的孤独

陌生人

这是我的厨房

这是我的餐桌

陌生人

我请你坐下

坐在这张老榆木桌旁

抽着烟

安心地等

我为你做一顿晚饭

撒些盐

滴两滴醋

煎几个鸡蛋

热油大火

我轻翻锅铲

把它卷成一团鹅黄的云

清炒白菜薹

叶尖还带着露水

脆生生的杆

轻托着一簇绿火焰

啊陌生人

我不问你从哪里来

我不问你心里的恐惧

像河沙藏在深河底

我不问你为何忘了自己姓名

为何会敲了我的门

坐在这里

你不安的手指

像刚逃出箭阵的哀鸟

我也不会说出我心里的怕

我的怕是水里的蝴蝶

石头里的鱼

我的怕是一根穿不过针孔的线头

我看着那些伤口

无法缝补

啊陌生人

你吃

你喝

然后你走

这样的日子

神仙都惶然失措

你也继续你踉跄的脚步吧

然后我关上门

我哭

哭那些被鸟吃掉了名字的人

被月亮割掉了影子的人

被大雨洗得没有了颜色的人

那些被我们忘记了的人

那些和我一样

跪下来活着

却一定要站着仰望星星的人

太仓鱼

梦一样

那些鱼儿游向我

滑过河床像滑过一片绿叶

穿越波峰像穿越一滴雨水

游向我

把长江口青铜一样的波涛带给我

把太平洋印度洋的风暴带给我

把沉寂在河水里的星星带给我

把深渊一样的温柔带给我

你别害怕啊

我打开门

打开我自己

我给你看睡着的炉火

我给你看流淌成月光的刀具
我早已把网忘在了岸上
我不会为你摆上碗盏
我为你准备了海洋

随笔　我诗故我在

　　我小时候从未想过要当一个诗人。我的理想是当革命者，像《牛虻》里的琼玛一样，过一种惊险而秘密的生活，献身于伟大的事业，然后壮烈牺牲。

　　读大学时，我读《资本论》，读《路德维希·费尔巴哈和德国古典哲学的终结》，整天在湖畔徘徊，苦苦思考着人生的意义。

　　激情郁积在我的心中，我没有别的方法排遣。一天夜里，我写了一首长诗《五月的石榴花》。开头便是："这是献祭的时代。五月的石榴花呀，请让我们把自己献上祭坛。"

　　我突然发现了诗歌的意义。

　　一位我很敬佩的诗人，写过很多非常好的诗，后来不写了。我问他："为什么你不写诗了？"他说："写诗太痛苦了。做别的事快乐些，不是吗？"

　　我当时不理解他说的话。现在却能理解了。诗人总是人群中最弱最善良的那一个，他对世间所有生命的痛苦有着最切肤的感受，他必须像背十字架一样背着他所感受到的痛苦。就像奈保尔在他的短篇小说《B.华兹华斯》中写的：一个真正的诗人会为一朵小牵牛花哭泣。每一件事情都会让他哭起来。善、美、自由，也是诗人必须背着的重负。

　　我曾经很长时间不写诗，甚至不读诗。我那时想，我苦苦寻求生命意义，却没能找到答案，我自己都浑浑噩噩，走起路来跌跌撞撞，我有什么资格写诗？我能写什么？很多时候，寂静夜晚里独坐，感觉找到出路的办法,还是拿起一本诗集,读下去,或者,写一首诗。没有路的时候,诗歌能给我们找到一条路。

　　写诗就是思考,诗歌应该是思想。写诗就像摘蘑菇,蘑菇就在那儿,你看见了,像一朵小小的云。你伸手轻轻一摘,摘到了。好的蘑菇柔软新鲜,散发着森林里的神秘香味,就像一首好诗。

　　但是,蘑菇是怎么长出来的?这神奇鲜美的植物,我们是怎么发现它的?孕育蘑菇的土壤并不纯洁,它生长在潮湿腐烂的植物上,它依靠几乎是粉尘一样细小的力量,悄悄地推挤出地面。而你要熟悉蘑菇的生长圈,知道它喜欢什么温度、什么湿度、什么土壤。你还要记得,去年,就是这里,同样生长过蘑菇。为了找到你心目中的蘑菇,你得翻山越岭,而且你得耐心等待。当你找到它时,摘的那一刻是多么轻松、多么惊喜。这其实就是一首诗的诞生过程。写出来是容易的,让它长出来,并且找到它,多么难!

　　纯美的诗歌也有。像乐府诗里的"江南可采莲,莲叶何田田",纯净清透如天籁。但更多时候,诗歌是从伤痛黑暗的生活里长出来的。伤痛黑暗里长出来的诗歌更恒久、更真实、更有力量,也更能让人安魂。

　　我写过的诗,许多都丢失了。但写完了,很满足,明天又有了力气,可以继续走路。

叶 舟

诗人、小说家，毕业于西北师范大学中文系，著有诗文集《大敦煌》《边疆诗》《练习曲》《叶舟诗选》《敦煌诗经》《引舟如叶》等；散文集《漫山遍野的今天》《漫唱》；小说集《叶舟小说》（上下卷）、《叶舟的小说》《第八个是铜像》《我的帐篷里有平安》等。参加《诗刊》社第十二届"青春诗会"，获第六届鲁迅文学奖、《人民文学》小说奖、《十月》诗歌奖。

代表作 丝绸之路

大道昭彰,生命何须比喻。

让天空打开,狂飙落地。
让一个人长成
在路上,挽起流放之下世界的光。
楼兰灭下,星辰燃烧,岁月吹鸣
而丝绸裹覆的一领骨殖
内心踉跄。
在路上,让一个人长成——
目击、感恩、引领和呼喊。
敦煌:万象之上的建筑和驭手。
当长途之中的灯光
布满潮汐和翅膀
当我们人生旅程的中途
在路上,让一个人长成——
怀揣祭品和光荣。
寺院堆积
高原如墙
大地粗糙
让丝绸打开,青春泛滥
让久唱的举念步步相随。

鲜血涌入,就在路上
让一个人长成
让归入的灰尘长久放射——
爱戴、书写、树立、退下
以致失败。

帛道。
骑马来到的人,是一位大神。

[新作] **阿妈说**

在路上

我看见天空疲惫　那么高远的疲惫

比眼前的秋天　比这条长路
比一场恢宏的诵经声
还要疲惫　我知道她深情的来源
一切热情　开始成灰

可我　依然带着锄头
在天空的深处　收割着土豆　玫瑰
与所有心灵的食物
这是平凡且寂寥的人生　走在路上
才是我准确的宿命

累了　我就直起腰
靠在天空的身上　掸掉灰尘
饮下银河里的水

这时　那些灿烂的星宿　犹如鸽子
再一次起飞　给我引路

刀　子

刀子说　不是问题　一切都将
迎刃而解　在这条长路上　我说了
还算　除非有一把刀鞘　叫天下

刀子说　我守着佛像和灯笼
在这个寒冬　还得照料两个婴儿
一个是红隼　一个是旱獭

刀子说　游击于旷野上的土匪
也有好的一面　呼啸东西
杀富济贫　我尽量绕开他

刀子说　沙州城外的一亩麦子
皇城草原有一顶毡帐　我离开
许久了　是不是别来无恙

刀子说　我三教九流　认得
色目　吐谷浑　突厥和吐蕃
这些远来的人　跟我没什么两样儿

刀子说　有时候我去石窟里
点灯　偶尔　飞天娘娘会拦下我
询问春天　我一般笑而不答

刀子说　酒是一个换命兄弟

我醉倒时　他往往扶起我　让我

看见天空太深　自己很轻

刀子说　我在凉州淬火

在天山顶上磨刃　只有深刻的

疲倦来临　我才会闪烁一次

刀子说　那一年我追随少年将军

霍去病　后来又挂在忽必烈　窝阔台的

腰里　我一世清白　像一份铁证

刀子说　我曾经深爱过　在那个秋天

我拨开了枯草　河流　山峦　我对着

整个北方　大喊了一声　和平

过天山

一匹马　站在天山顶上

饮冰　吃草　披发修行

译介佛经　一匹白马

探出了身子　在湖水里问鱼

与雪线以上　比试耐心

并打出了历史性的响鼻

一匹红马　始终面壁

因为人世上的一些遭际

一些感情　欲说还羞

让这个匿名的僧侣　扪心自问

找不见结尾　一匹灰马

走进了课堂　在白色的

黑板上　写下了豹子

和一只羚羊结拜的奇迹

一匹黑马　闭关已毕

刚从洞穴里走出　它捧着

一块炭　向太阳取火

向整个南疆　借了一碗

穆塞莱斯美酒　一匹天马

面红耳赤　敛下了翅膀

兀自坐在这恩情的大地上

它有四个好兄弟　春夏秋冬

拾级而上　破门闯进了

这一座大雪纷飞的聚义堂

事实上　天山如马　在辽阔的

牧场　我生于1966　属马

阿妈说

那一年　他在山上饮马　红脸膛

铁脊背　那一年的泉水里还有鱼

那一年的青稞茂密　牛羊长膘

我翻过长城去拾苜蓿　身上怀着你

那一年　凉州城里的哑巴忽然开口
菩萨也离开了寺院　来不及锁门

那一年的祁连山　豹子吃素　书生
闭关　有人还捡到了一只凤凰的耳环

那一年　来自长安的使团　停了三天
他们晚上望月　说月亮上开始冒烟

那一年的集市　醋不酸　盐很涩
妇人们提前买下布匹　缝起了尸衣

那一年　肃州城弦索不断　夜宴连绵
铁匠的铺子　早已转行成胭脂店

那一年的开头　并不比年尾好上
许多　经年的黄历　也没有一丝征兆

那一年　和亲的公主没有了消息
河西一带　土匪们也杳无踪迹

那一年的下午　他骑马下山　朝我
挥了挥手　迎着匈奴人　再也没能回来

铁马秋风

我凉下去的时候　天下的草就黄了

我守着一座塔　一眼石窟
守着月亮和豹子
在路的尽头　看见一卷丝绸
以及这宽大明亮的人世
人来人往　谈笑风生
都比我温暖　一派金黄

凉下去的时候　我才周身响彻
充满战栗

这一生

我跑遍了十三省　去找那个医生

央请她　治好这一群沙棘
让它们起身提灯　照见漠北的
苏武　把那些哭喊的
羊群带回家　我还祈求
把壁画上跌落的那一个飞天
连同发亮的银簪　慢慢扶起来
打上药膏　绷带　绑腿　安顿在
莫高窟的下层　秋天了

一碗酥油开始变凉　一些灯
收起了翅膀　于是马瘦毛长
部落走下了山冈　但一亩青稞
意外地迟到　一峰骆驼
披着楼兰的外套　夤夜而归
满脸的惊慌　这都需要仔细的照料
我还央求　她用一枚针
扎扎雪豹　因为这家伙
自从佛爷摸了顶　便开始吃素
高烧不退　如果允许　还请
慈悲为怀　土匪也是一条不错的命
一份紧急的病例　或许这是
一次回心转意的机会　不久之后
暴风雪就要来了　我接着请求她
去看看草原上的帐篷
锅灶　牛栏　缰绳和阿妈　如何
在白雪的季节　诵唱嘛呢
让每个人的脸上都开满了鲜花
是的　我这一生都跑在路上
跑遍了十三省　去找那个
天下最好的　菩萨医生

随笔 在丝绸之路上行吟

二十世纪五十年代,一个少年中断了学业,离开了家乡凉州,辗转进入了省城兰州。他像所有来自河西走廊的人一样,怀着小地方人所特有的敬畏与谦恭,在这座黄河之畔的码头上打拼。几十年过去了,如今他已到了耄耋之年,儿孙满堂,颐养天年,却随时深陷在对旧日家乡的回忆和想象当中,不能自拔。他是我的父亲。

与父亲相反,从少年时代开始,我便一次次地逆行而上,漫游在河西大地上。

许多年,因为职业的缘故,我一再大胆向西,越凉州(武威),经甘州(张掖),穿肃州(酒泉),过瓜州(安西),一直抵达了沙州(敦煌)。我在这条路上往来穿梭,不知寒暑,几乎踏勘过每一寸区域。也因为诗歌,我让这几座历史悠久且风沙覆面的名城,在我的文字中渐渐清晰了起来,若一盏盏灯笼,挂在西天之上。我还陆续出版了诗集《大敦煌》《边疆诗》《叶舟诗选》《练习曲》《敦煌诗经》《引舟如叶》等,我想说的是,诗歌或许是无用的,但这些诗歌至少对我的父亲有效。

是的,这些浅陋的作品,不仅慰藉了一位老人的乡愁,同时也满足了我对河西走廊甚至整个丝绸之路的诗意想象。

丝绸之路在甘肃境内有一千六百公里, 而河西走廊是其中最灿烂最恢宏的一段。在我看来,自汉武帝开始对西部的"凿空"之举,恰恰肇始于我们这个民族的少年时代,并一直延展到了大唐盛世的青春勃发期。在此阶段,她的精神气质就是好奇、奔跑、血勇、独孤求败,她渴望征服,一心想看遍世上的风景。在那一阶段,这个帝国在开疆拓土,在金戈铁马,处于浪漫主义和英雄主义的抒情阶段。

于是她英才辈出,代不乏人。她有两支队伍,一支是张骞、卫青和霍去病,让他们去寻找新的地平线、新的天边、新的光荣与梦想;而另一支队伍则由李白、王昌龄、高适、王翰、王之涣等人组成,让他们去给大地贴标签,去命名,去用诗词记录,去寻找一种诗意的存在。这些可爱的诗人和士子们,踏着夕阳滚滚而去,用自己的韵律和平仄,给这个帝国带来了新鲜的视角、新鲜的道路,带来了别样的方言和风俗,也带来了一个又一个新鲜的地名,以诗入史,以史入诗——向西突进,横扫千军如卷席,经略辽阔而壮美的西域,无疑是当年的国家叙事,也是当年最为动人的全球化想象。

我以为,恰是在这样一种少年的奔跑和青春时代的恣意作为中,河西走廊乃至丝绸之路才成为我们这个民族的成人风景。这是一种恩养、一种奠基,同时也是一种古老的乡愁。虽然在日后的岁月里,这条大路落寞日久,辉煌不再,成了一条荒芜的英雄路。

我生于斯,长于斯,我全部的文字其实就是这一条路的秘密馈赠和哺育,也是我代表父亲的还乡之行——在河西走廊甚至丝绸之路上行吟,她就是我诗歌的词汇表,是我宿命的版图,也是我所有文字的天空与根据地。

一切才刚刚开始!

刘金忠

辽宁义县人,1970年入伍,曾任干事、铁道兵文工团创作员,转业后任河南《焦作日报》副刊编辑。参加《诗刊》社第十一届"青春诗会"。作品入选《20世纪汉语诗选》《新中国50年诗选》等选本。

代表作 鹰翅

鹰在什么样的高度飞?
幻觉才能抵达境界
羽毛划动风声,震荡苍穹
一扇风干的鹰翅,悬于高杆之上
从秋风上布下投影,守护着
播种者的梦想和每束麦穗的安详

一只鹰死了,只留下这扇翅膀
粘满云絮的翅膀,擦亮闪电的翅膀
把死亡忘记
打开阳光和天堂的门
生命的大水被领上高空
这项搬运灵魂的工程具体而生动

一部绒质的著作,天街上阅读
勇者的身影,高于禅音
蓝天高远,万物的渴望在上扬
铁也会生锈,羽毛和星星不朽
隐约于时间之外的神秘尖啸
像雨的飘零,无所不在

麻雀们巴望将鹰翅抬走或埋葬
可它们不敢,切齿的诅咒
也只能躲在很远的地方
旗一样神圣,帆一样壮美
飘动或静止,天地间精神弥漫
片羽凌空,也是王者威风

最大的力量是威慑的力量
果实与歌声之上,悬剑的沉默
如圣洁的墙,闪射崇高与冷峻
没有一只苍蝇敢飞来落脚
也没有谁敢在上面钉一根钉子
用来悬挂龌龊的心情

天空失去鹰,大地也会感到荒凉
受潮陨落的目光靠什么提升?
这是九月的田野,我看见
一扇鹰翅,掩护整个金秋的进程
如果哪一天,蓝天收藏了鹰翅
一定是我们的头顶出现了又一只鹰

新作 被数旧的月光（外二首）

其实，月光是被数旧的
谁数旧了月光，书上没写
它新鲜时是什么样子
也没人看见

也许是一杯苦茶、一盏浊酒
也许是一句唐诗或宋词
人间的色彩，偶尔走神时
月光就旧了一些

弹飞宿鸟，折断柳枝
青瓦上的寒霜又厚了一层
从窗外登堂入室，来到床前
月光的包浆依旧

被数旧的月光，才有很多故事
有琴声、箫声，缓慢而低沉
许多心事，都在一片片返青
除了疏影中那只昏鸦

池塘里那朵睡莲知道

月光是被很多人数旧的
它不曾反抗,反抗也无济于事
这漫长的过程就像人的命运

它无意中淡化了所有声音
让整个世界都静了下来
很多虚词或动词,都无比生动
数旧月光的人,都去了月亮背面

一件瓷器,就是一个残破的世界

一件瓷器,就是一个残破的世界
这是迟早的事
不要看此刻它还圆满、完整

碎裂的声音不可避免
那些可怕的啸叫,也许
比霹雳还要震撼
这是世界毁灭的一卦

真相是一件狐皮大衣
但那是狐狸腋下的皮,一片片
缝缀而成,集腋成裘
让我们无法复制相对的完整

比如你抚摸一条河流

那溅起的浪花,跳到岸上
河水没有一点变化

毕竟世界是一件瓷器
而不是一枚金属的硬币
在人类的手中流通
瓷器的属性不可更改

你的这一碗黑暗,我喝
包括碎片,包括飞散的声音
我愿为偶尔落地的残破
埋单

在浏河

浏河,从江南小镇的角度,打量
长江入海口,这个巨大的喇叭
一吹,大海就让出宽阔的蓝

郑和下西洋在这里起锚,如盛大的节日
扬帆就是升旗,该有壮行的酒、离别的泪
桅杆上挂满风和海鸥的鸣叫
岸上,炊烟的手不停地挥动

远处,大海与天空蓝在一起
云涛与海浪一样汹涌

沉浮中有臣服
身在大海，不提江湖

风，是永乐三年的风
渐行渐远的船队
只把长空雁阵留在身后
背负亲人们望眼欲穿的目光

有风的动力，有长江入海的一腔浩气
从起锚，到归航
每一缕风，都是帆的变形
每一次呼吸，都代表潮起潮落

历时二十八年，航程数万里
不是翻过一页纸
更不是一页普通的纸

暴雨、台风、恶浪、暗礁，漫长的无聊
海的丝绸一直没停止抖动
作为伏笔
今天的海上丝绸之路，六百多年前
就已铺下路基

我走在郑和大街上
那些站在船尾的人，他们回眸时
正遇到我们的回眸

春光正好,风正劲
在浏河,成为锚链的一环
我们的心,也随着搅盘的金属声响
被带动、收紧,并驶向远方

随笔 诗歌是一种无法排遣的孤独

多年来，我喜欢独处，喜欢一个人静静地安居一隅，默默地看书，默默地思考，仿佛整个世界只剩下我一个人。我不喜欢凑热闹，不喜欢饭局，不喜欢饭局中那些云天雾里的无聊和无尽的废话；也不喜欢参加没完没了的会议。即使穿过闹市或坐在马路边，眼前人来人往，我也会视而不见，所有的噪声也不会影响我一丝一毫，就像是入定的僧人，只让自己的心一片空灵。我喜欢这样的内心的孤独，喜欢那种"独钓寒江雪"的意境。因为我觉得，这个世界太过喧嚣太过浮躁了，能让自己保持一种孤独的状态，是很不易的。

也许，诗歌就是一种无法排遣的孤独，只有沉陷于孤独的深处，才会有诗歌产生，才会有灵感闪现。

我很欣赏刘年的一句话：诗歌，是人间的药。那么，这味药，就应当是独特的，是精致的，是珍贵的，它不能包治百病，却能拯救世界。而这种药，最基本的属性就是孤独。

不是故作高深，不是目空一切，是诗歌的神圣决定了孤独所拥有的价值。古往今来，没有一个随波逐流而功成名就的诗人，也没有一个宦海如鱼得水、诗坛佳作如林的诗人，由此看来，诗歌是人间的药，孤独就是诗歌的魂。无法排遣的孤独酿制成了诗歌，流淌出来，就成了医治人间的药。

仰望或俯视，孤独都是内心的存在，一只鸟、一场雪、一缕炊烟、一笔飞白，都是孤独虚幻的影子，应运而生，随风而逝。记得有一次我去一座著名的寺院，正殿大佛的头顶落下一只蝴蝶，不停地扇动翅膀。

我目不转睛地看了它很久，我想，大佛是孤独的，那只蝴蝶也是孤独的，但他们身上同样有灵光闪现，同样有慈悲心怀，他们的孤独融入大千世界，内心的孤独也就不再是孤独了。

其实，孤独也不是自我封闭，而是与红尘保持一定的距离，可以冷眼静观其变。这时候，你的心始终是清醒的，你的情感始终是活跃的，就像岩浆在暗中涌动，寻找着出口，等到喷射的一刻，内心所有的孤独也就成了滚烫的流火。

我一直认为，孤独不是痛苦，而是一种幸福，没有这种孤独，也就不会有诗歌。我愿意享受孤独，把它当成宝贝，尽情享受这种没有打扰的安静，它会让我的诗歌获得形成和出生的机会，也会让我的灵魂得以净化和提升。

如果有可能，我情愿一直这样孤独下去，与我喜爱的诗歌相依相伴，一直幸福下去。

冉 冉

女,重庆酉阳人。系中国作家协会会员,一级作家。二十世纪八十年代中期开始创作,著有诗集《暗处的梨花》《从秋天到冬天》《空隙之地》《朱雀听》,中短篇小说集《冬天的胡琴》等,曾获全国少数民族文学创作"骏马奖"、艾青诗歌奖、边疆文学奖、西部文学奖等。

庄严的褪去 〔代表作〕

大地褪去了它的红色黄色蓝色绿色

和紫色　看那些森林那些

湖泊那些草甸那些花朵和羽翎

它们把水分和颜色都给了虹

大地褪去了它的声音

那些流萤狐狸和马全部噤声

雾罩开合　狗徒劳地吠叫

人们行走坐卧上演着哑剧

大地褪去了它的芳香

那固态的液态的气态的芳香

土变硬酒快结冰　烟和火像

一棵树或一蓬草而食物的芳香

乳儿和少女的芳香再也闻不到

大地褪去了自己的味道

那舌头的辣椒味蕾的花椒

牙齿和唾液的蜜糖都慢慢地褪去

只剩下空空的口腔

大地关闭了眼耳鼻舌
将吸附在身上的悉数褪去
它要重新禁锢自己
它要潜心孕育内部的光芒

新作 晨光中的黄葛树

大雾弥漫

大雾弥漫
梦游的火　失声的火
褪尽了血光

悬崖上的海市蜃楼
九死一生的弯道　石梯　码头
破碎而又哑寂

妇女们拾级而上
我想搂住任意一个
伏在她的肩头　痛哭

我想跟她们坐下来
在烧焦的黄葛树下　谈谈哀伤
和毁灭

我想以她们的酒来养我的泪
以她们的哀伤来抵挡我的毁灭

她们中最年长的一个

张开怀抱

用她的穷途堵住了我的末路

伤心博物馆

我看见的　是那些没有陈列

无法陈列　不能陈列的

不能说出　不能提及

也不能回忆

它们躲在灰烬的生灭间

青苔的更迭里

重圆的破镜中　苦来的甘尽里

比烈焰呛人　比噩梦阴冷

比逃离酸楚　比退让苦涩

比断指更像箭头　比恶念更像炸弹

比伤心更像落叶　比祈祷更像大雨

它们流淌在柴米油盐中

停驻在生离死别里　比博物馆宽

比嘉陵江长

在一堆空空的童鞋边　我留下了

一个诗人的哀伤与哭泣

在一件血迹斑斑的棉袍里

我留下了一个女人的屈辱与新生

到后方去

到没有硝烟没有暗杀

没有仇恨没有戾气的后方去

后方的天是晴朗的天

后方的人是千锤百炼的人　后方的梦境

是清明的梦境　后方的苦恼是没有苦恼

带着千疮百孔的肉身去　带着错漏百出的

记忆去　带着一枝独秀的遗忘去

到后方去　做个健康的没有杂染的人

我们用过的扶梯已朝向江心

我们用过的旧居正奔往地狱

到后方去

放下失眠去　放下哀痛和绝望去

干干净净地去　轻车快马地去

带箭怒飞

带箭怒飞　我飞过了

那些愤懑的人　苦若黄连的人

那些苦骨头

飞起来　全是羽毛

醒着时一声不哼

夜深人静却发出鸟的哀鸣

为流不尽的血泪而苦

那些苦骨肉　比这座城市的峭岩寒风

还要冷硬和惨烈

苦是这儿最夺目的标志

夜半　连绵的灯盏　无边无际

闪着痛楚的血　伤悲的骨

苦也是这里最独特的风景

被苦烧红的岩石　江水

一直在喊饿　不停地叫渴

在一张通红的脸颊里

我照见了我的苦胆和味蕾

在一扇折断的翅膀上

我照见了我膨化的箭镞和身形

在一颗又一颗的伤心里

我照见了我的沉疴与锈迹

在积习的阴影里

我失蹄般受惊且稳住了身体

晨光中的黄葛树

它从废墟里长出

又大又美

像这个城市的绝笔

苍劲　庄重

还有几分遒媚

像这个城市的母亲

俊俏　无畏而又决绝

（这是美人的故里啊

所有的母亲都是美女

从发根美到舌尖　从喉咙

美到脚趾）

她们蔓延的根须

羞死了残垣和断壁

不是所有的美都和毁灭相随　不是

所有荣光都带着锯齿

黄葛树在什么季节种下就在什么季节落叶
金黄的落叶是它的助推
晨光中　当你看见一阵烟尘冉冉飞升
请仔细端详它雍容的枝干
妖娆的苞芽　肥美而绚丽的根

有朝一日

有朝一日
我能否像个天生的盲人　寂然地
从解放碑走向上清寺

我的每个旮旯都是安静的
曾经的刀光无声　曾经的剑影无痕
洁净的光线中
陌生人好了伤疤忘了疼
孩子们弯腰路边
雕刻他们的人生
他们振动凿子扬起榔头的样子
更像是在绝壁上打坑
是啊　孩子们把我们的伤我们的疼
把我们走丢的走坏的走尽的路
全珍藏在了他们的坑里
他们不是我们的儿子　也不是我们的终点
却是我们甜美的回声

没有什么要记取　也没有什么
要发现　曾经的愁肠成了车道
曾经的刑场成了教堂　曾经的医院
成了学校　曾经的空袭成了雨滴
让人夤夜无眠的上清寺
成了我的解放碑

台风过后

台风过后
暴雨被搅成了大雪
袖珍博物馆里　我们静静地坐着
观看朱素贞老人的生平

一百年　不过是风暴
在蟹背上的几次生灭
不过是从江尾出发
重新回到海头

一百年
不过是伤口的几度开合
哭笑间的几番来回
悲欣交汇　时光在流水里圆满
我多么喜欢老人羞涩的笑容
那牙齿的珠贝似洁白的祷词

冒雨走在浏河的石板街上
我触摸到了风衣的两只口袋
一只是长江　一只是大海

随笔 诗歌语言断想

在这组诗的写作过程中，脑子里不时地浮现出一些问题——有的是写作中即时生成的，有的是以前就想到并寻思过的。一是创作构想的源起与完成问题。一首诗无论发端于何处，不管是一个词或句子，一缕乐音或人声，墙上的怪异斑点，记忆中的微笑或愁颜，身心的一次悸动……这个或实或虚的原型或素材，仅仅是一个起点，尚需转换重写"对象化"，是创造一种新境、新物，而非简单的摹写、移植。也许这不过是艺文与生活关系的老话题，但是如何看待、处理，对相同或不同时代的写作者，其认知、实践却言人言殊，大相径庭。二是现代诗最基本的表达与修辞方式，所谓言此说彼（弗罗斯特表达为"说的是一件事，指的是另一件事"），细想从意象到内容繁复的比喻语言，无一不是由此而生。借用别的物像、动作、事件等来传达诗人的情感心理、精神态势，并非简单地将此物附会于彼物，而应是借用客体的自然自发的生长，缘起不同的两者经艺术处理达到弥合无间。三是诗歌修辞或语言风格问题。大而言之，如今的"文学"表达已成为一种惯性或陷阱，古往今来，海量写作、阅读者都沉陷其中。就在写这篇文字时，我突然强烈地醒觉：艺文当然也包括诗歌的语言，不能太像它们一直以来的自己；我们的写作亟须一次去风格化、去文学（诗歌）化的淘洗清理。那些过于繁缛的修饰，那些成为常态甚至唯一的比喻性语言，必须把它们置放在更大的文化／文明时空中进行辨识，才可能从根本上考虑超出常规限囿的问题意识和解决之道。四是接近我预期或理想的到底是何种面目的语言？坦率地说，我自己也并不清楚。从一定意义上看,前些年的口语/废话诗写作,倒是对陈腐的诗歌语言有过一次凌厉清洗,可惜那种去除了风格抒情语感乃至意义的写作自身却疲沓、琐碎而无力,并未开创出新的语言。还有二十世纪九十年代初出现的"自指性"写作,"在这种写作中,词语及文本的意义不是指向一个'外在于'语言的对象,而是指向词语能指、文本形式及写作过程本身"(毛靖宇)。然而除了言说"不及物"或曰"语言的空转",其语言与修辞跟前述现代诗的表达方式并无二致。在文化(文明)传统无所不在的情况下,肉体凡胎的我们真有可能"腾空"既有的观念、意识和文化传承积习去创造一种全新的诗歌(文学)语言吗?当然不可能。但这并不妨碍我们偏执甚至疯狂地去想、去做、去尝试——这也是一个以语言为志业的人应有的野心、梦想与狂想。在我简陋的想象中,这种新的诗歌(文学)语言应具备的基本特征是清澄、朴素、准确、及物。最后一个问题,我们不可能无中生有、凭空创造,因而还是需要拓宽阅读熏习的场域,从陌生和异质材料中吸取、锻造、获得启示。不过语言尽管重要,但仍不能涵盖写作的全部,有话可说、有感可发是另一个根本。不过这已经是另外的话题了。

王学芯

生于北京,长在无锡。中国作家协会会员。迄今在《人民文学》《人民日报》《诗刊》《十月》《星星》《上海文学》等发表五百多首诗歌。参加《诗刊》社第十届"青春诗会",著有《双唇》《这里那里》《偶然的美丽》《文字的舞蹈》《天上的草原》《间歇》等诗集。

代表作 黄昏的溪马小村

为了寻找福地我们在地图上
进入皖南溪马小村　为了喉咙
为了一滴干净的水　我们
从蓝藻的水边　从空气悬挂颗粒的水边
坐在漫不经心的溪马河边
水看见我们　我们也看见
野鸭和跳水的绶带小鸟
看见黄昏的太阳　孤悬山冈
如空中围合的透气玻璃
我们像被保护在里面……

无法述说我们对明天的
忍耐　像昨天水边的突然惊呼
鱼翻开白色的肚皮停止游动……

新作 在旷野里呼吸

错乱的存在

一个黑影在远处移动
像狗。凑近细看
吓得夜晚颤抖
是个看不见胸膛的人

一个黑影在远处移动
像人。伸出握手的姿势
碰到滚烫的舌头
是只咬人的狗

错乱的存在
一个人的眼睛是永远不真实的黑暗

破旧的通讯录

我不删除大地的声音
也不再扩大发芽的空间
一路向前　脸庞轮廓　街道
房屋或者墓地
各种沧桑的遭遇

忘却演变成过去的一切
像泥鳅游在淤泥中
隐于音讯的深处

此刻我仰面浮在草丛间
天空是缩小的池塘
那些云朵　那些清晰的平常画面
陷入虚空的窘迫
静默如同巨大的穹顶
从天而降
但尽管这样　我依然用眼睛寻找
——灯光或者萤火虫
拒绝天际的绝对沉默
即使墓地
我也要丰富房屋街道脸庞的轮廓
因为我们曾经炽热

在深夜等车

深夜　面对马路对面
公交站台后的古树
夜色皱在半明半暗的冬季
驶过的车影
缭绕在相反的方向

长久的时限过去

遥远的车　在等待下车或者上车

时间在脉搏上跳动

眼睛大胆地在路的中央溜达

目光里的沉寂

变成很轻的存在

此时　转动身体很不容易

生怕一次疏忽

落下停顿之后的路程

古树的枝丫在天空越来越稀疏

看不见的根须

在天空间隐藏

目光所及　时光僵硬

我是古树上

飘落的最后一片叶子

在旷野里呼吸

秋凉了　我坐在风中

一棵树在影子里飘动

枝条脱下泛黄的天空

树的远处是一片湖

过去的波已经消隐

散乱的光亮

都是一言不发的褶皱

夜雾和灯光合成的空气
寒冷从椅背上急剧下降
身躯坠入其中
从挺直
到收缩

在这样的风里坐着
左耳呼啸而过的事情
我用细细的手指
掏右耳一些已经不痒的往事
而旷野辽阔
大地听我静静呼吸

抽象的猫

另一只蓬松的猫
用自身净化的眼神看我
它的目光把我抬得很高
让我靠近星星
升到天上
它让我的灵魂死去

猫过了瞬间闭上眼睛
弯下腰　对着地面的渍痕
像有无声的沙哑
它隐入灌木丛　像

黑色草地上的花朵

而当我轻盈离去
指尖搓一把泥土
蓬松的猫又回到路的中间
看着我
往入眠的方向行走

蚂蚁的天空

锯齿形的天空　从仰视
楼群那一刻开始　一只蚂蚁
是一粒细微的粉尘
或听不见的一声唏嘘
飘在花岗岩围合的角落

庞大的墙面。墙面
连接天际　笔直的视线
一只蚂蚁积蓄能量
从双手合成的喇叭里
发出一次巨响的呼唤
而天空生锈的脸
没皱一丝眉纹

时光从锯齿形的锐角滑过
一只蚂蚁在不起眼的地方蠕动

缕缕阳光　移过漫长的路径

触须抵及的气息

涌起精神的飞翔

太仓那一枚金锚

那么远　那么近

仰视金锚　天涯一帆的视觉

飞起激动的开洋

昼夜星驰

烛灯里是寸心的泪水

水从金色的锚链间

穿越四海流转成通达的辽阔

古今一色的浏河

如同帽檐上长啸的飘带

帆樯顶上

风的旋舞翅膀金光闪闪

筑起语言的巢 _{随笔}

　　写作的自由度和探索空间，在于艺术品质、个人内心的姿势，在于对社会和平民生活的关注。在这个过程中，一个诗人最最重要的是回到自己的正常写作上来，让诗安静地出现在透彻的感悟中，出现在属于自己语言的特质之中，这实际就是一种高度。

　　我坚持诗是美学的观点。这跟我年轻的时候系统自学美学论著有关。那时渴望阅读，莫名其妙地选择美学作为自己涉及的领域，那段时光里居然读完了朱光潜、亚里士多德等许多名人的美学专著，还做了大量笔记，弄明白了许多概念，也有大约七个词条被收入了《美学词典》。但理论上的兴趣点让我很快转入诗的写作，且一转定终身，在诗的坡上爬行，实践遵循诗美。

　　诗的语言是文学的最高形式，我对诗的语言痴迷就像对抽烟一样依赖。因为太喜欢诗的语言，因而我写诗；因为诗的语言给我带来惊人的喜悦，因而我不写小说。凝练、透彻、锐利构成诗的魅力，这魅力让我沉醉其中，乐此不疲。

　　都说诗的圈子很小，我说诗的圈子不大不小。为什么？先说小，有人说，阅读诗的人是总人口的百分之零点几。这也许是客观事实，的确令写诗的人颇为伤感。这么多好诗无人阅读，冷落于物质刺眼的光尘中，不免令人唏嘘。而更令人痛心的是在这么一个小圈子内，还在相互贬斥，相互阻隔。在林立的主义面前，都以为只有自己的诗是文本，或是方向，是永恒的未来。这种内部的消耗，使诗坛呈现出前所未有的碎片化。再说大，诗的圈子实际上还是很大的，读诗的人虽只占总人口的零点几，但对于十三亿人口的大国，也有几千万了。这个数字，相当于几个新加坡和瑞典，相当于许多国家人口的几倍。从这个角度来看，一个诗人的诗在被举国阅读，难道还不令人欣慰，或者满足！虽然这有些自欺欺人，有些牵强附会，但至少还是给我以心灵的宽慰，因为毕竟还有那么多人在关注、阅读和欣赏诗歌。

一个诗人对待诗歌语言的态度，是区分优秀诗人和一般诗人的关键所在。我近期的写作，愈来愈关注自己语言的表现手法，用内在的语言来探索自我，探索心灵的孤独和无奈，突出我这一段时期活过的印记，呈现我和作品浑然一体的人生轨迹。

诗更是一种气度与自然、感情与智性、叙事与隐喻、日常生活与哲学启示的结合体，这种结合体需要自己独特的呈现方式、自己独特的美学追求，这两者结合方有形成自己风格的可能。我现在的诗更多在"现场感"中弥漫出一种与生俱来的忧伤，用各种手法、通俗的语言来表现人们熟悉的普通事件，并相互转换存在的意义，引出自己满意的深刻象征。

我总觉得诗有第一写作和第二写作的过程。凭一个象征、隐喻，或者奇妙的比喻，扩展成诗，我视为第一写作。这种灵感式的表现，产生出大量的好诗，有的还成了传世之作，但总给我以零碎化的感觉，很难形成整体性和成熟度。社会环境和人性缺陷如此令人困惑和无奈，一个诗人应该透过诗去与困惑和无奈进行交流，并将其作为自己活在当下的见证。这就需要一种自觉的观点和角度，让个体生活和思考获得存在诗歌语言的可能，形成主题性的分量和冲击力。我认为这第二写作极其重要，当然诗的感觉和语言的惊奇是两者都应达到的标准。

突然想到这么几句诗：雨从上星期围集过来，上月最闷湿的时光，正在我耳垂上凝结……此时正值江南梅雨收尾，窗外下着雨，而我在筑自己语言的巢。

哈 雷

中国作家协会会员,编审。从事新闻出版编辑工作。出版各类文集十多部。

代表作 零点过后

这个瘦长的夜晚
我把手臂搭在肩上
这时才想起那上面还有一张脸
白天它朝向牲口的大街
我兀自甩动的手从来不理会
面上的表情
我们只是连在一起的两个
不同的肢体

而现在,零点过后
它可以低下头来和我交谈
可以支起眼神
放出光芒把夜色逼退
它说出这辈子最慌乱的话
——刻苦爱我
而我却像一个偷窥者
发现裸露出的谎言

新作 海的光泽

秋天的树

行走在秋天里的两条道路
都通往荷塘,而坡上
一株翠绿的树
在另一个时间意象出现之前
开始怀旧

喘息是从内部开始的
秋水之上,风把树叶握得更紧
而残荷还在江南挣扎着
松软的身躯
垂落了最初的誓言

有些声音将季节撕开一条裂痕
要让黄叶将它覆盖
就像睡梦想要覆盖记忆
我和你来到山道上,触摸落霞的体温
秋心变得感动

你依在边上的影子更加清晰
草色弥漫的脸上

传递着一瞬浓似一瞬的秋意
酒过千觞,回望眼,一夜塘前月色
舞动清秋

海的光泽

这个世界的悲鸣,都淹没在管道深处

——题记

这一刻,我终于明白
海的光泽
是一束穿越远古的花蕊
它必将绽放
它要让心中的火点燃一个梦想的人

而你安静的脸上
我竟看到,一片蔚蓝的诗意
轻轻地荡漾
我不得不相信,我脚下这千万年的沉锚
正是你眸子最深处
星宿般的光芒

这一刻,我终于明白
海的光泽
是一束穿越远古的花蕊
它也必将凋零

它要让所有的爱根植于一方渴望的土地

而你宽阔的胸膛

我正听见,阵阵潮湿的呼吸

静静地传递

我不得不相信,我脚下这千万年的沉锚

正是你脉搏最根部

初恋般的跳跃

当你渐渐淡出我的目光

海浪和着夕阳

用最柔软的起伏说着耳语

还有谁比它更理解你的沉静,你的壮阔

你心中安稳的梦想

这一刻,海的光泽也紧紧握住了我

像我曾经历的,最美的爱情

茶　语

我喜欢看你倒茶的样子

手把砂壶,静默着,如撑起莲灯

微微倾着身子;尽管杯子

早已溢满了茶水,流在裙上。我喜欢你裙摆

有着泥土的清香,像田野的风,掀起麦浪和思绪。

你端坐在我的面前,呼气吸气,鼻息有着

梦游者的节奏……我勇敢地

抬起头来——眼光穿透了夜色,恰好作短暂
迷失。有茶的地方就是故乡,我在这里
感受生命的钟摆猛烈地移动着。你欠起身
又把水倒了出来。夜悄然发酵
嚼一片云朵,彩虹飘落在你的嘴角
"有茶真好!"——我一时找不出适合的话题
茶并没有让我安宁,尽管我喝个不停
尽管我躲过了今晚的月光,尽管还在晕茶
其实,你早已窥视出我的慌乱

在这里,我看到螃蟹一阵阵空虚

因为你,我对海的想象力
变得更加金黄。航标灯照不见我体内的潜流
是你让我流利的诗歌语言剥开一片壳
从爬行的句子里挺立起来
你鲜活的样子,你的盔甲,你的腥香
一下子打动了我
我认定你曾是我前世不错的弟兄

海床在翻卷着流浪者的足迹
你可以手舞足蹈,可以借助涌流
跳上岸,和我交谈
告诉我海底珊瑚缝隙里暗藏玄机
你是从这次恋爱中跋涉出来的
唯一幸存者

但是，你并不明了比海更加凶险的
是人心，我说过和你只是前世的弟兄
你不必如此抱着赴死的决心来看我
岸啊，这么漫长，回归的道路更加漫长
你的螯已经完全疲惫了
而你还保持着和我握手时的姿势

现在，我要退回到底岸上
夕阳烤红的沙滩
粼光沉默地远去了，渔火
不再拱动浪的脊背。在你的目光鼓励下
我把你送回起伏的大海
而我却像是被浪花击落的花环
在失忆的海面，凭吊自己的空虚

悲情英雄

我封存的记忆一下被你打开
沉默的果壳，总以为自己还在成熟
还可以喝很多的水
在枝节的高处往下望
在光线到来之前
把花粉吸入

有时，我会沉湎一下某种情绪

那些被你打开的记忆

会像沙漏一样流失

城郊附近,有我们的河道和岸上的荒草

虽然日子一样晴朗,在你暂时离开的时候

我都在把自己体内那一点明媚的光阴

拧紧

其实英雄,不仅仅是高挂的果实

有时候可以看作是一种对果实的守望

当风带来了秋声

鸽子成群飞去,我的世界充满了别离的苦恋

生命如果可以这样送达

我愿意把自己风干,然后从枝头

跌落在地

风雨刘家港

台风过后,孤岸的飞云凌乱了一川烟雨

急切的江流,推出千里古卷画轴

——压低的天色,一只俯冲的鸥鸟

如一痕水墨掠过写意的江南

一时间,烟波浩渺的灵魂更加发亮

回潮的水波停息了下来

又回到了永乐三年:静静地照亮

一个王朝海航的背景

江面上旌纛披立,船桅戟举
用漫长的想象开拓出通往世界的水域
除了波浪,能够激荡远行的心
只有天空和翅膀

刘家港,把江和湖的爱都给了大海
那些蒲草、芦苇、桑树
丰美的田畴和湿地
交织着丝绸的光线,它的背后

是吴王的粮仓打开全部的过程
锚旧了,正如我必将老去
只有刘家港依然雄踞着
那年三宝太监迎风的身影

随笔 诗人也是一种痴鸟

对于诗歌,我就是她的信徒!

三十多年前,我大学刚刚毕业到了宁德,和年轻的闽东诗人一起组织起了"闽东青年诗歌协会"并创办《三角帆》诗刊,成了"闽东诗群"的第一批开拓者。那个时代,经历了"朦胧诗"的洗礼,当代中国人的审美发生了一次巨大转变。我们也仿佛意识到个人对新的历史时期所承担的使命感,正如叶延滨所说:"我们这一代人重要的不是人们想象的才华与智慧,而是生命的韧性在我们这代人中更充分地体现。"对诗歌的热爱也是一种使命!

二十世纪九十年代初诗歌沉寂了下来,历史让我们走向了凝重,走向了现实。我也把注意力集中去办一张新闻报纸,十四年间不再写诗,网络时代的到来,中国诗坛各种流派兴起,而我却错过了众声喧哗的诗歌黄金时期。直到2007年的春夏之交,仿佛被神谕呼召一般重返诗坛,我虽已届中年,对诗歌却仍有着初恋一般的热情,常常在"零点过后"伏案创作,连续出版了几本诗集。除了写诗,我还在"做诗"——发起组织"诗歌快闪"及各类朗诵活动近百次,组织福州诗人下海岛、农村、厂矿采风创作数十场,成功策划组织"朦胧诗30年研讨会""五大古都诗歌文化交流会""福州诗人海峡西岸行"等诗歌研讨交流活动十多场。倡导福州打造城市诗歌名片,成为"诗歌榕城"的倡导者和践行者。我希望福州有诗歌的声音,通过我的努力,让诗歌给这座城市搭建一座精神的庙宇。所以说,这些年在诗歌的面前,我更像是一个布道者,是她的信徒!

任何美的事物都会遵从自然回归的法则，不会离去。诗歌也一样！诗人的作品是自己心灵的自叙，对自己人生的思考和超越，只要诗歌的声音不息，诗意的生活就不会离我们远去。徐志摩说："诗人也是一种痴鸟，他把他的柔软的心窝紧抵着蔷薇的花刺，口里不住地唱着星月的光辉与人类的希望，非到他的心血滴出来把白花染成大红他不住口。他的痛苦与快乐是浑成的一片。"

　　诗人的心里永远都有个乌托邦，永远藏着一种热望和憧憬。如果说再微弱的光，也是刺向黑暗的剑，那么，诗歌就是来自内心深处的一束光，即便在日薄崦嵫的凛凛冬日，也会带来人心的温暖和人性的辉光。

　　人往往年事渐长，才会归真返璞，心理层面尚在逆生长。人过知命后，我反比任何时候都更喜欢古朴和荒蛮的东西，喜欢自然和真挚的事物，喜欢原味和初心，只有在那里面，才藏匿着我的诗写的故乡。

　　华兹华斯说过，孩子是成人的父亲。在我看来，诗歌是人类的母亲。

　　写诗的路，更是一条问道的路，诗人就是拿文字修行的人。

陆　健

祖籍陕西扶风，1956年生于河北，1978年考入北京广播学院，在中央人民广播电台、河南省文联曾有任职，现为中国传媒大学教授、中国民主同盟盟员、中国作家协会会员、中国殷商文化学会会员。曾出版文学著作二十部。

代表作 向自己倾诉

有时我想生硬地离开艺术
抆泪而去，这首诗也不写
当看到街上的人群
和所有鲜艳的事物

这艺术何用
令我冥顽而专心，我因为它
而把自己逼上绝路

而枯萎，在纸上发动大水
而除此之外我还能干些什么

那思想，如一位盲目的领袖
带领着残废的文字
做着偷窃自己的勾当

那把插进海伦胸中的刀
那让刀死去的活的鲜血

新作 啊呀地铁(节选)

一

地铁从不嫌人多
我同样不该嫌它拥挤
电子过道——交通卡的
扁脸往下一趴，我就加进
鱼贯而入的队伍

地铁不曾抬高我身份
却馈赠给我扳着手指像
数钞票一五一十的些许时间

在席梦思或硬板床多躺会儿的
时间，领带打得笔挺的
招牌一样的时间，孩子多吃
两口营养早餐的工夫，甚至
和久别的太太多做一会儿爱的
机会，在我生命中
这些可都和幸福指数相关

多少次我说，啊呀地铁
假如没有你，可怎么得了？

二

沉闷的喘气,惊叫,在别人耳边
呼唤另一车厢同伴的声音
像号角的声音,大功率排气扇嘶鸣
黑黢黢窗外,明亮的是广告
和"本车厢已消毒"的凌乱笔画

"本日已消毒"是十多年前
"非典"时期的"后遗症",地铁像
一根火红的烙铁在土地里穿行
像烤箱中的大香肠,它的
原材料,成千上万人的心脏
肠胃和肠胃里的药片,粉剂
肝肾、血小板、卡路里
头发、肌肉,有病的没病的
有添加剂和没有添加剂的身体
地铁爱打包,地铁食欲好
地铁像塞满了黄豆的罐头
到站后让我们一齐发芽

地铁握着一把好牌,谁也不知道
自己是几个点,丁勾还是皮带
为准点抵达或高或低的某一楼层
我打卡,用嘴巴衔起键盘
将下巴埋进一堆图纸里
盯紧上证、沪市红色绿色的曲线

而下车争先恐后要做的——
从提包里掏出鞋油或唇膏
不往上边抹就往下边抹
把自己的肺叶换成过滤器
拼命嗅嗅蓝天，或吸几口雾霾
地铁的呼啸，像奔跑中的骏马
我想起儿时见过的一种
飞马牌香烟，如今
它对地面牛车一样的公交车
是否有优越感我并不知情

三

大肠一般蠕动的车厢，不停
吸收、消化。男男女女——
上班族、手机控。卫星信号
准确停泊在我们手掌上
耳机、感应器、流行的平板
大脑和052D同样精准的雷达

包括退休大叔意念里的
乾坤大挪移；琼瑶的经典爱情
五六分钟在初二女生的道德里过气
第三次世界大战，航母和战机
一波波出动，炮弹射着毒刺
索罗斯的阴谋对冲我的鼻尖
频频摇曳的小米、苹果

在声画结合间倒映出盈利和丰收
镶瓷的白牙霎时衔接起蓝牙

世界也许在我们走出地铁时
就不一样了

我闭眼,回想;我睁眼,分辨
回想与现实,静坐或提肛
那辟谷的厨子,光头的理发师
侧面是倚在中国小伙肩上的洋妞
他们上车有座,一天好运
他们没座,好运也不远
广播提示抵制乞讨卖艺行为
抱歉,我刚刚给出两张浅绿的纸币

没来由想起第一次乘坐那么惊奇
——站台人员号令列车启动
我还以为他向我招手

四

地铁虽然无法抚慰我的焦虑
我却为它,为每一个站台祈祷
无论是上车的人还是下车的人
我们相互为过客。无论是头顶
扶手上手臂的树林还是发型的波涛
在时间中凌乱了发型的波涛

车门旁那位朝玻璃连续笑了几次的

少妇，请你到站后别忘了

把发卡整整，别让你一头的乌云

倾倒，挡住孩子的天真

当年在海上

——纪念郑和下西洋610周年

当年在海上，郑和于旗舰甲板矗立

旗语传递中紧跟浩荡数百艘大船

海水一路被压制，桅杆在汪洋里

种植大片摇动树梢的森林

郑和胸口位置纯金的圣旨

他的视力释放海面最强悍的大鸟

那雕栏玉砌的西墙阴霾已过

马蹄远去，皇帝怡然开始了

午睡的功课。之后他

踌躇满志地推开南向的殿门

南海，船头尖锐像君主的意志

还好——用今人的标尺衡量

——也许，那意志相对柔软

平和，虽然免不了带点

鄙薄外夷的轻哂。说三宝

你带些宝贝去别处瞧瞧

看有没有新鲜东西换点回来
让洋人伸长脖子仰视咱天朝

两万八千个水手划呀划呀
这些常常就着台风下酒的水手
他们劲健的肌肉注定
要消化在一次经典册页
五万六千条屈伸有序的腿
死死抵着命运。他们
灰色粗布衫被撕扯成
遮云蔽日的海鸥，起舞不休
把汇聚了无数江河的苦涩与
美意的大海弄得有些疲累

这些有妈祖保佑的船工水手
这些领命后先去天妃宫
祈福的太仓庄稼人
浪花举起水手心中的白
船腹中的铁锚等待伸展指爪
新船木材的香味和油脂气息
将被带向暹罗三宝禅寺的莲座
索马里、肯尼亚的码头
卸下东方绵延不绝的青葱山色

世界四面八方的钦羡投射在
舵手的青铜皮肤和

经卷、玉器和随船僧人的
高声诵祷,英国女王
从此培养了下午茶的习惯
至于鸦片战争、八国联军的
鼻孔朝天的扮相他们当初
想都还没敢想,浏河口出发的
水手当年在海上回望家乡

望穿海域,悠悠六百一十载

随笔　增补与变异

在写《啊呀地铁》这首诗时,有个声音在干扰我,那声音说,地铁,别人写过了,欧洲的电影,中国近几年前有位作者写的半半拉拉的小说。总之,这题材是不新鲜了,起码不是最新鲜了。《啊呀地铁》出炉艰难,盖因于此。我不敢说若无干扰我能写得更好些,但起码可以写得更顺些。

我想我们千万别轻易说"创造",这个词大得吓人,说"创新",这个"新"要加上引号。诗歌如天空覆盖四野,不差任何一朵野云。我觉得一个写诗的,对诗歌仅可说是做了一点儿"增补"的事情,我们面对前人,承文化基因于他们,和他们对照,仅仅有些"变异"而已。内容方面增补,写作手法变异。阿赫玛托娃将俄罗斯贵妇人的教养、行为范式继承下来,在白银时代继续擦拭它的光芒,她的作品的温婉细腻、别致,它的音韵,臻于完美。叶赛宁被高尔基称为大自然的器官,比喻再贴切不过,就好像一个粗野而聪明的孩子,把屠格涅夫、契诃夫作为人物活动背景的俄罗斯的田野气息大口吞入,通过诗篇使田野大地"叶赛宁化"。小说家和诗人共同完成了对那个民族、那片泥土的诗意的、立体的描述和表达,他们面对前人的写作,也还不能说得上"创造"了什么,却无疑起了丰富、增补的作用。对文学之林,他们从前人那里"变异"了出来,成为秀木一株。从文学史层面看中国的海子的情况也是如此,浪漫主义时代早已结束,海子的出现,广受欢迎在某种程度上讲是"不合常规"的。在诗坛一些人沉浸于城市化进程盲目吟唱,一些人纠缠于个人恩怨痛苦咫尺盘桓的时候,有一个身在贫苦泥沼却带着悲悯大声吁喊远方的年轻人，引起强烈关注自有其理由，从文学史层面看中国的浪漫主义文学传统似乎也有在当代被继续"丰富"的必要。海子的短诗尽管人口传诵，其成就却不比他的长诗，其长诗虽有缺陷，但宏伟壮观，给侏儒般的现代人巨大压迫力，可称从世界长诗传统中变异出来的果实，有它自己的丰仪。真正的人类思想史、艺术史转折时期方能出现"变异大师"，比如但丁，比如艾略特——他的《荒原》犹如石破天惊，直接地、强势地给西方（某种意义上可指称现代世界）人们的生存状态作了批语。时代提供了条件，作出了这样的选择，他个人也有挺身而出的能力。当然，就对人类文化的贡献来说，艾略特还远远不能与但丁相比。

　　如此状况，我等何为？丰富文学作品的内容、题材，继续拓宽疆域；"变异"现有表现手法，在人类现有思想水准的基础上提供新的视角。假如我们能尝试着摸索一些（一套）新的叙事学编码系统，从而尝试着解释人的存在的话，我们的写作就开始接近"意义"了。书法家常说，废纸三千。我们可能写出垃圾一堆，垃圾堆里使劲让它开出几朵红花。别人鄙薄诗歌的时候我们要坚定地捍卫它，诗人们在一起的时候要多讨论不足；独坐时要知道自己的卑微。

龚 璇

1963年生,江苏太仓人。作品发表在《诗刊》《中国作家》《上悔文学》《诗歌月刊》《解放日报》《文汇报》等报刊,著有诗集《风景·感受·对话》《或远,或近》《冷眼看花》《风月无边》《燃烧,爱》等。曾获《诗歌月刊》2012年度诗人奖。

九月之书

九月之书
才是一部读不完的惆怅典籍

金牛和水瓶
一留一行
星座排列的轨迹
被两个可怜的和尚对峙咒念
错开宇宙的过失
寺庙的红柱上
漆金的那行字,刻痕深深

漂泊的小舟,早已驶远
载满无字的饰品
逃生原野
他再也没有什么了
只把尾部的泪
拽得更长

或许,这就是宿命
静观星空,迢迢万里
你看不到

它真实的影像，却有微尘

留下片刻涟漪

恰似童话里的公主牵手相约

已趋于平静

我想象着

这一天圆梦的喜悦

在九月，应该是收获的季节

却独留我，暗自吟唱

为前世今生

为俗事的窗花剪喜

道一个花团锦簇的荒唐

我木然，竟在幌影里

寻找植物的麻醉

令轻灵的蜻蜓

也懒得点水

可是，难灭的激情

仍然会撕毁九月的惆怅之书

还一部慎读的经史

或许，那荟萃千古的情话

所谓经典，你无从背离

更慧心有眼

新作 鱼　祭

遭遇爱情

遭遇爱情,便为暧昧的桃花
梦想甜蜜地盛开
四月的风,束紧羊角辫
不再轻易摇曳

一脸补丁,贴近粉红的叶瓣
尝试微笑的感觉
疏散苦恼的暗恋

谁的点点红唇
游牧冷漠的谎言,树枝间
病残的膏肓,无人痛识
胆怯而遁形

不再隐忍,只抓住这一瞬间的美好
去除芜杂
或躁郁的浮尘,做一个纯粹的人
在桃花盛开的地方
遭遇爱情。谁,顶礼膜拜

独向倜傥的敏感

热烈的阳光下,四月的风
和我一起
保持倾听的姿势,谁又敢迟疑

鱼　祭

古老的祭祀,皲裂鱼纹
散刻陶罐的表面
文物似的,安度暮晚的凄凉

熄灭烛火。轻风恍惚
等待已久的事件
谋杀了所有活着的空气

旧屋里,怪异的幽灵
吐出白色的烟圈,勒索目标
案桌的枷锁,套不住乱窜的脚步

打盹的老汉,跪拜中央的棉垫
私奔的血,暗流内心的空寂

陶罐碎成片。秘密散落一地
鱼,借故离开
却沾沾自喜

老照片

把泛白的老照片
夹进暗黑的书缝,死亡的光线
埋葬爱情的往事
骨灰似的影像
皲裂笔墨,画冢外
谁,顾念化蝶的梁祝

长亭更短亭,三月桃花
不屑悲悯的眼神
老照片上,蝴蝶哑口无语
十字架钉牢的翅膀
被深色的滤镜
漂白幻象的经络
现实从不与人谋面
谁,还执念画面的色彩
为幽梦虚妄

我,不想犹疑,只以勤俭的手指
缝合纸间的罅隙
补缀日光下的记忆
木屋外,天空湛蓝,蝴蝶竞舞
有人辨识苟活的浮尘
简单的逃避

或者复杂的偷生

在云的边缘,恍惚的青鸟
重复的呢喃
只听懂一个自私的词语
逃亡的俗念
在山崖,顽固地锥心

最危险的一刻,我以佝偻的背影
把老照片
暗夹书缝的黑脊,不再去翻阅
七月,捧着疲惫的忧伤
从崩裂的爆米花声里
替换遗憾的表情
却不忘初心

旧 宅

只因时光轻率,旧宅
早已杳无踪迹
毁损的青砖灰瓦
与倾塌的屋脊
瘫痪记忆的童年

屋前小河旁,狩猎的鱼
偷窥淘米少女,白裙衬托的粉红内衣

隐约可见

民间散落的族谱,无以言对
被孤立的水石
淹埋亲密的邀约

屋后的枯草,没有资格
掌控日月的祭祀

窒息的空气,被涩重的雨
遮蔽甲骨文的指认

谁知道,中原的洪洞
根之家
袅绕香烟,只为虔诚的叩拜
漂白滑稽的身份

有人高兴,也有人暗泣
活着的肉体
缺少激荡的灵魂
哪谈得上延续光阴的美丽

静默中,若为复活而生
一棵树的伟岸
将打开晴空的胸腔
采集嘹亮的风,不倦地

唱响爱之歌

消失的家园
秘密地
腐烂落叶,吸收涅槃的营养
重返郁郁葱葱,甚至
义无反顾,投身
没有禁忌的爱
叙述一生的传奇

即使居无定所,我也会
懈怠古琴的忧伤
遥望星空,咏叹到来的信赖
体面地
逼退幽远的夜色

如此,我想留住最后的旧宅
裁剪纪念的框影
与夕阳,与芦荻
隐藏羞涩的风景
乡愁,轻盈地舞蹈
不再泪泣

在浏河，与诗人夜行

谁在刘家港漂泊。看远处
渔火点点。此刻
悄悄守夜，躲入幽暗
至关重要的事件，不可能发生

与诗人夜行食摊，眷恋热闹的人群
饕餮的盛宴上，鱼的乐趣为我所用
一杯啤酒下肚，感官的疯狂
变幻江南的心境

东海带鱼、长江鲈鱼
甚至小河中难觅的鳑鲏鱼
以鲜味，刺破饥饿
疼痛的胃液软化鱼骨

欣然畅谈，意犹未尽
人不同于鱼的感受
"灿鸿"，来与不来，已无关紧要

随笔 落叶的声音触不到你

历经溽暑与寒冷,树叶的色彩,由青翠渐变杏黄。秋风送寒,叶落的景象,感叹它的无奈。世俗的猜疑,愚蠢而笨拙,很难有深度的洞察,以及真正的觉悟。

其实,与落叶一样,活着的意义,在于把握时光,演绎生命的尺度。静观树叶嬗变的过程,蕴含的哲理,虽无法参透真相,但也不致迷惘自我。

一片树叶,从繁茂到枯萎,恰如简短的生命,以切肤之痛告诫我们:生与死,存在刹那间;珍惜,才能赋予思想丰腴的翅膀。苦心积虑,追求唯美主义,其结果,终将抱憾一生。该来的,必定会来;该去时,更不可抗拒。一切事物的因果,源于自然的属性,有其根本的规律。唯有通过诗意的存在,认识自然,积累从善的美学观,以赤诚之心,热爱大自然,才能爆发原动力,养护生命的常青,创造奇葩。

夕阳下,绚丽的风景,稍纵即逝。坐在大海的岩礁边,或者攀上覆雪的峰顶,观察日落的瞬间。黑夜,悄无声息,伴随降临。夜空璀璨的星星、皎洁的月亮,给予无私的光芒。但夜深人静时,巨大的失落,将震撼伫望的心情。所以,赞美夕阳,只是祈愿黑夜缩短距离,实现黎明最终的绚丽。诗人顾城感慨过,"黑夜给了我黑色的眼睛,我却用它寻找光明"。如果,没有这样超然的彻悟心境,便是堕落的开端,黑夜所掩盖的一切,只有光明,带来普照人间的美好,不会有例外。智慧隐藏于人类的器官,只为净化私心或杂念,这是人类生命进化无可非议的目的。炼狱似的煎熬,生命才实在、厚重,才值得称赞,才能从对比的角度,悟透事物深邃的本质。

夕阳无情,落叶也无情,但人却有情,而且浓烈而豁达。割裂欲望,不可取。欲望无异于毒药,贪食必伤身。在我们简单而短暂的生命里,依靠什么分离毒性,拒绝欲望的泛滥,以坚定的步履,踏破千山万水,寻找灿烂的宝石,求证人生的喜悦呢?比起沉落的夕阳,比起散失的残叶,谁更有理由,以身临其境的体验采撷智慧的果实,创造诗意人生呢?荒山野岭的孤独、街头巷尾无休止的喧嚣,只是腐蚀灵体的手段,为了击败寻找自由之路的勇气。因此,呼吸的空气需要诗意,流淌的血液需要诗情,只有挺直腰杆,享受自然诗经的恩典,无情的时光才不会永逝。

凤凰涅槃,四季轮回。从容的世界,让诗意的生活更加美丽,像花儿一样,不畏风吹雨打,驰骋于空阔而辽远的大地。那些匠艺师,修葺的枯枝败叶。"野火烧不尽,春风吹又生",惦念的树叶,在春天绿遍天涯。

智利诗人聂鲁达说得好:"你远远地听我说话,而我的声音触不到你。"但是,比声音更灵动的诗情,必须"推波助澜",才能遵循诗的原则,挥洒淋漓,所有激情,只为自然的生命而释放。

张慧谋

广东电白人,1958年生。广东文学院签约作家,曾获广东省鲁迅文学奖,出版诗集两部。

代表作 渔火把夜色吹白

一朵渔火是一只鸟。白色鸟
它悄悄啄破夜的外壳,透出光
白白的一簇光

渔火用小小的嘴吹开海的睫毛
海看见了什么?
渔夫的网像梦一般地撒开

一朵渔火是不能飞翔的
它太小,只有轻轻吹一口气的力量
但它把夜色吹白了。很白很白,哪怕是一小块
也能让漆黑的夜有了想象的空间

我在想,那么深厚的夜
故乡的草蜷曲在墙根下盹睡
而渔火,一朵小小的渔火
是怎样把夜色吹白的呢?

海岸线

一

风吹沙。风也在吹我
吹我成风中散发
吹沙成了无人迹的海岸。

谁在浪尖高举白旗
悔过一个庞杂无序的时代?
谁在海边写下黑夜的欠条
等待一个未被世俗打折的黎明?

你不可能成为风
更不可能成为沙。
从风中窃取永恒,那是疯子。
从水滴提炼黄金,那是白痴。
你是你,风是风,沙是沙。

从头顶吹过的是沙
从脚边吹过的是沙
每粒沙都在穿越你的生命
磨砺你的灵魂。

二

水深？还是鱼的想象深？
浪高？还是海平线高？
从头到脚打量一番
你在？还是影子在？

是风吹着沙走？
还是沙扯着风走？
对于你，对于来看海的人
也许是问题。对于海
却如此的司空见惯。

来看海吧。看海这部大书
是如何把水翻成浪的活页
把浪花翻成字粒
把字粒翻成长短句
然后扑向岸上。

三

那么多的泡沫
那么多的贝壳
这是两道选择题
除此之外，你别无选择。

选择泡沫你必然虚伪

选择贝壳你必然绝望
那么,你只能学会拒绝
最终悄然离去。

四

月光可以重复使用
爱情不可以。
风可以随便吹
你不可以。

如果灯塔是唯一的
你的坐标在哪里?
如果海没有尽头
你会不会憧憬远方?

潮涨潮退之间
你左脚是水,右脚是泥
不必找答案,这是命
水还是水,沙还是沙。

五

今夜,我将离开南村
翻过三座沙丘
走过一片盐碱地。

带上我的背影

一挂渔网。父亲的风灯

已移植到我手中

但我无法摘下它的光

只能藏在血液里。

每步都是黑琴键

向左向右,都弹不出《月光曲》

我只能走下去

直到脚趾触及潮汐

渔网从我手中撒向深海。

六

祖父的面孔是剪纸

父亲的面孔是木刻

母亲的面孔是速写

他们同在一条老渔船上

却如同陌生人。

我甩掉手中的渔网

向他们奔跑过去,边跑边喊

大群大群的海沙跟在后面

速度如同狂风。

我看见一群乡人

他们留下身后的渔具和木船

像鱼一样游回大海
头发随波浪起伏,直到消失。

七

海水,每一滴
都是我生命中的盐粒
我有风浪颠簸过的骨架
有烈日晒黑的肌肤
有空贝壳编织的梦。

我是从海里游回南村的一尾鱼
呼吸着南村的风,甚至炊烟
都一同吸进我的肺叶。

但我仍然怀念海
怀念我最初的故乡。

我常常听见海涛声
在体内奔涌起伏着
每一道血管都感觉到潮水在膨胀
把我推到浪尖,又回到低谷。

我浑身布满盐粒
在夜里通体发光。
海岸线隔着的
是水和空气

我活在两个世界里。

八

日出东方。
是谁的睫毛在海平线上依次展开?
我一觉醒来,整整耗尽千年渔火
换取这一瞬间的辉煌。

此时的海岸线
在我身后逶迤而去。
风沙依旧吹我
烈日依旧晒我
穿过吕宋岛的热带风暴还会再来。

太仓,与一场梅雨相遇

太仓,最好的水田给了白鹭
最老的时光给了古镇浏河
最辽阔的水城给了长江出海口
梅雨季给了太仓整片大平原。

在太仓,与一场梅雨相遇
整夜都是郊野的蛙声
它们如此密集,如此参差
像太仓平原麦地里的麦芒,高低错落
想起小镇上那些老宅的檐滴
也像蛙声那样的密集整齐。

我适合这里的时光

打散又重聚,涂上故纸的颜色。

我适合老房子拥挤出来的小巷道

撑着一伞雨水,从巷头走到巷尾。

如果此时,没人在拱桥上

我会站在那里,看河水无声淌过

整天整天,一句话也不说

直到天色变暗,岸边人家灯火依次亮起

我会轻轻说一声:再见,小河!

随笔　诗歌，是我看见的部分

多年写诗，始终没有离开过生活。诗歌，其实就是我看见的部分。

最早看见的是父亲手里的风灯（也称汽灯），它让我想到黄玫瑰，想到生命，想到死亡和归宿；让我看见现实生活中的另一部分——诗意。在我写海边生活的诗中，多次出现风灯，风灯也即是海边人口语中的"渔火"。

我的代表作《渔火把夜色吹白》，就是其中之一。有位本省作家与我探讨，认为我这首诗的题目有问题，他说，为什么是渔火把夜色吹白，而不是照白？我告诉他，这是我个人体验和观察产生的诗句。为什么渔火把夜色吹白？因为的确是吹白，而不是照白。

小时候，我们村庄家家户户都有几盏风灯，出海之前，如果天色黑了，渔民必须点亮风灯才上路。这时你会看见，蹲在家门外的渔民在弄风灯，先是划着一根火柴，点燃绒灯泡，然后用手打汽，把火水（煤油）喷到绒灯泡上，网状的灯泡随着空气吹入，慢慢发出光，由暗红到明亮，到炽白。这个过程，你会听到一种轻微而有力度的嘘声一直在吹，夜色就是这样被渔火吹白的。

早些年，我在深圳待过一些日子，去上班的路上，每天早上我都步行经过一座立交桥，经常见到一个乞丐老头蹲在桥头拐弯处行乞，面前放着一只小钢盆。好几次，我都看见他侧过去的半边脸，皱纹里有微笑，他不看路人，看着桥头那端下面的校园操场。我顺着他目光的方向看过去，原来有一群小学生在操场上玩游戏，这时我才明白过来，乞丐老头的微笑原来是给孩子们的，而不是给自己的。我即时从口袋掏出一张十元纸币，放进老人面前的小钢盆里，疾步走开。后来我写了一首《蹲在拐弯处的老头》。

我曾经写过一首《用骨头鼓掌》，这是一位当官的朋友饮茶时跟我说起的故事，那个春节前异常寒冷，他陪一位副市长去麻风院慰问，院门外站着一队麻风病患者，见慰问的领导来了，他们使劲地鼓掌。朋友说，有几个患者是没有手掌的，用骨头撞骨头，硬生生地撞出"掌声"。听完后，我沉默良久，难过得眼角都溢出泪水，虽然没亲眼看见，但也如同身在其中，这首诗就是这样产生的。

玉树大地震没过几天，我所在的山区也发生了据说是千年不遇的特大洪涝灾害，河流决堤，山体滑坡，甚至有的地方整条村庄都被泥石流埋没，灾情十分惨重。我为创作专题组诗，三次深入灾区。那天中午我经过山边一片废墟时，见面无表情的灾民在烈日下低头挖泥，一锄一锄地挖，从不间断。后来我得知，这片废墟底下，深埋着他们的家园，所有一切都埋在这片厚土下面，包括他们逝去的亲人。回到家的当晚，我创作了一个以八首诗构成的组诗《挖故乡》，后来举办了一个《挖故乡》诗歌专题朗诵会，由电视台节目主持人朗诵。让我料想不到的是，不仅座位上坐满了观众，墙边和门口过道都站满了人。有位朋友看完演出给我发来短信：看别的演出是轻松，看了你的《挖故乡》，我带回了眼泪。

以我个人经验，诗歌离开生活，总是存在遗憾的。

郑文秀

海南省陵水县人，黎族，1965年生，中国作家协会会员、中国少数民族作家学会理事、海南省诗歌学会副主席。作品发表于《诗刊》《民族文学》《中国诗歌》等。著有诗集《水鸟的天空》《可贵的迹象》。

代表作 歌　者

这个城市很小
风吹草动一经散布
你就会被敏感的声音
抵押街头和巷尾
仿佛一张漏送的明信片
邮差在传递着谣言
然后不断地串通，甚至诋毁

而站在高楼上的另一种传说
可能值得信赖
我确信囚禁中移动的灯盏
它暖暖地照着没有物质的爱情
还有一个没有模糊的名字

环顾四周的形态
风已经无法重新拼凑成风景了
而棱镜的命运
让雀鸟的灵魂
越显得高大而慷慨
在百合花前
它漫游的梦是非常真实的

并且还清晰地记住舞台上的那个影子
似乎还赞美过他炽热的心

[新作] 藏在时光里的画面

相遇的一种方式

我们从春天开始
养活了一切不可能的田野

三月的音乐是河流放飞的游戏
外表看似无规则的情节
内心却是有条理的旋律,柔弱
这是一个敏感的部位
适宜于高声朗诵,也适宜于偷窥

我们需要一块空地,借助太阳的光芒
把一切可能的事物,包括名字
全部种上,让它们都花枝招展
并带着油泥的香气,相互渗透

如果没有幸福的时光
我们就在敏感的部位
互相搀扶,相互拥抱
甚至相互沉沦在一个人的命运里
这是我们相遇的另一种方式

藏在时光里的画面

这临溪的小城市
北风一吹,就显得老了一圈
我失眠的习惯
常常与书为伍

这静默的夜
窗外堆积的风景和仰慕的光
已被厚厚的帷幕
挡在窗棂之外
神往的心只能停顿在
灯前的照影里

我沉默地对着往事,手指
无法从容地填写自己的履历
因为我的年龄
和我所走过的路

其实,在前方广场的一角
我真实的人性早已泄露

时间深处

似乎,我们背对的黄昏
已四面楚歌

我们忘记了脆弱的梦
从陆地到海上,都拥挤着沦陷的仰望
太阳也没有复活的表情

成群的预言,也已经卸下了光芒
在暗蓝的黑白交替处,徘徊不定
空旷的大地,伤痕轻轻放下

其实,在我们的生活中,千姿百态的心
只留下漫无头绪的碎影
飘落地面
只有反射的焰火表层,在涅槃

而时间的另一端
却又隐藏着生命交替的欲望
在广袤的大地上
宇宙必须在沉重的郁结中
为每一个生灵,设定暗号

无根的晚霞

正如纯水母在悄悄扩张
这潮湿的天气里
那些奇特的声音,来自漂泊的植物群

晚霞,皈依在河边

没有火苗的玫瑰

在海岛上显示着它的度量

暧昧地谈论着它的前生

透过颤动的大海的唇

我看到,厚厚群山的背后

大量的生命墨染着空旷的原野

我在郑和下西洋的起锚地

明朝的这个时候,在太仓刘家港

也许有过一场风暴,对于那些

仅存的水巷、古浮桥和老宅

它们会记忆犹新

在这里,已经改变了的

不仅是河的两岸,它们

坍塌的形貌,已被新的河堤

修整得面目全新,除了宽敞的

堤面和整齐的树木,不远处

还呈现着现代都市的景致

当然,一些沉默的水手还在

包括祈护的妈祖的天妃宫和新造的

一些纪念点,它们在记证着

历史的沧桑,当然河水的影子

也还存在,但已经模糊不清

我站在郑和下西洋的起锚地
无法知道,郑和的勇气和胆略
也无法估量,当时的水有多深
风险有多大,我只能从仅存的
一些迹象去体会,郑和航海的
艰辛与坚毅,险痛与荣光

我相信,风浪会有的
而且是暴风雨,就如我们今天
所遇到的暴风雨,然而
深远的目光却史无前例
这种执著的追求,会让信仰
向更远的远方,不断伸展

我回到今天的"一带一路"上
远梦里飘着誓言,心中的
敬仰与期待,油然而生
历史,似乎回归在一个方向标上
让我们重整旗鼓,探险世界

并毅然启程,当然
今天宣告的声音
会更加自信、更加铿锵有力

时间上的情感展示 〔随笔〕

德国思想家马丁·海德格尔在他的《哲学论稿》一书中,用本质性的标题"从本有而来"阐述了"本有"存在的哲学思想,对世界本体和将来构建了一个诡秘的哲学体系。就"本有"来说,我的理解是人类社会存在的根基,有了历史存在的根基,任何存在的本质自然而然地显现出来,包括社会存在的本质,包括生活,包括人们对生活的梦想与追求。

诗歌是人类精神的一种诠释,出于人的内心对信仰的激情和表达。这种信仰来自"本有"的立体本质,是情感对世界形态的一种张力,是时间层面上历史与人物事件的现身。任何一个民族发展的历程都以"本有"为活体,存在于历史发展的长河中,诗歌是最好的暗示,它成了记录时间、空间、信仰、真理、事件、人的价值取向的本源,中华民族五千年来的历史荣光,她的发展的轨迹和文化脉象,较早以诗歌为媒源源不断地贯穿始终,并忠实于历史发展的原则,不断地变化,不断地前进。诗歌这种通过语言转化的话语,它已根深蒂固地嵌入到民族之音、人的精神追求和敬仰的互有准则中。而诗人则总是以一种对"存在历史"的敬畏和"有本来"的精神为引领,以个性语言对"本有"存在的意象,对穿行而来的社会存在的再生资源的构建,敞开心扉地对最宽广的生命轨迹和时间存在的根本现象,进行非我的冒险旅程。

因此,正是对存在哲学和诗歌本质体验的重估,我喜欢诗歌这种质朴简约的艺术。尽管才疏学浅,但这二十多年来一直坚持不懈地学习诗歌及其创作,因为我坚信,诗歌也是一种哲学,不论是语言的重组还是意象的构建以及技法上的自我取向,诗歌都饱含着个体对本质存在的或非存在的自然社会现象的捐赠与反馈,诗人总是自觉或不自觉地承担起这种责任。

我的诗歌总是产生在探求的喊叫和沉默踪迹的对话中,诸神在合唱,我却是企图在角落里诉求和独自痴想,去接合自然暗示的本质,在生活的区域和纬度空间里,在地理环境的社会矛盾和物象冲突中寻求一种跳跃于本有和未有的存在体验的光芒,构建某种意义上的物质和精神世界,并能够显示出社会的普度和承载,同时有一种自觉的仰望。

我的诗歌,有相当部分是与本民族有关的,有本民族发展成长的轨迹印记。在特定的区域里,在本民族的脉络上,我沿着其成长的路径捡拾着这个民族前行的瞬间灵光,用诗歌记录着本民族有形或无形的生活印记和文明发展的迹象乃至她们对现世的神示和启智。

高建刚

1962年生于山东青岛,系中国作家协会会员。诗歌作品发表于《诗刊》《星星》等刊物并被多种选本转载,著有诗集《悬空的花园》。

代表作 那是藤椅中的我

冬天树枝的狂草写满窗户

一块调色盘上的蓝色

在红瓦顶之间,那是海

油轮很长时间才能通过

有人长久伫立,那是路灯

保持花园小径的沉默

一块石头落下,那是麻雀

接着落下一群叫声

它们是树木唯一的叶儿

有一只停在窗上,那是塑钢窗锁扣

紧紧别住冬天

有件白衬衫,那是暖气片

正虚构另外的春天

有张脸,那是石英钟

记录着虚假时间

有片云,那是咖啡杯口的蒸汽

让我想起热带雨林的木香

有杯红葡萄酒,那是暗红色地板

在显示屏和桌面之间演化着黎明

有件雕塑,那是藤椅中的我

正在试着把自己摇醒

新作 有关收音机的一次回忆

钢琴调律师

你把黑色打开
熟练如结婚多年的夫妻

哦,诞生美妙音色之地
竟如此扑朔迷离

手在白与黑之间游移
从中间往左右
哪个音不对
低音还是高音

嵌入止音棒、止音夹、止音塞
在一根根绷紧的钢丝上,止住
不应发出的声音

敲一下亮晶晶的不锈钢音叉
纯净的泛音
如同袖珍的教堂钟声
所有声音都听从它的指引

调准的声音

变成月光、森林

河流和命运……

你把黑色合上

这神秘的宇宙,只有

踏准它的音阶,才能进入

通往真理的花园

有关收音机的一次回忆

一

一个装满声音的盒子

伴随我成长:

子弹飞翔的声音,鸟鸣,雨声

火车喘息的声音,原子弹怒吼的声音

月亮上的脚步声说话声,以及

苏联解体的声音,埃及博物馆破碎的声音

探测器碰响火星的声音,打印人体器官的声音

甚至

转基因的声音,落叶的声音,香水的声音

黄连在舌尖的声音,冰在手里的声音

文字的声音,甚至镜子里的声音

我愿意听那些真实的声音,而

那些用白纱布包裹的声音已经结痂,疤痕

如一枚硬币落地的声音

二

一个装满声音的盒子,对孩子来说

是神秘的玩具,他嘴贴喇叭

向里喊话,以为收音机里坐着播音员

他还听不懂阿姨和政治的声音

对老人来说,一个装满声音的盒子

等于把耳朵伸向社会

他多想知道生死攸关的消息

天不亮就打开声音的盒子

过早地让孩子走进社会的声音

此时,瓦数过低的灯泡

让家里充满清贫的影子

一个装满声音的盒子,对年轻人来说

找到世界之音,这个总在杂音里说话的英语老师

多么不易,他要背过九百个到处行走的句子

三

一个装满声音的盒子陪同主人住院了

医生治不好的病,终于让它治好

比如洁白的房间里,发出

飞机失事的声音,轮船沉没的声音

牛奶的声音,足球的声音,猪肉的声音

空气的声音,卡扎菲死亡的声音

比如诗歌的声音

人民的声音,花的声音

直到星期一早晨,查房医生说

你可以出院了

还有你,枕头下面的收音机

四

一个装满声音的盒子

到底能存活多久?那些声音

会不会相互吞噬

发出短路持续不断的火花

直至寂静无声

变成一个聋哑的盒子

现在就是如此,一个装满声音的盒子

只剩下电路的尸体

取出它的灵魂——

一个鼓形喇叭,放进工具箱

所有的钉子立刻射向它

五

一个装满声音的盒子,灵魂

被汽车运走,被手机俘获

汽车正通往天堂之路

能听见远方车祸的声音,交通堵塞的声音

绕行,通过窄门

能听见天堂的雨声

准备好雨伞

然后，把车开向乡村音乐的山坡
直至开进星空，让车熄火
静听后视镜擦响月亮的声音
让这声音进入装满声音的盒子

六

拯救装满声音的盒子
能拯救我们的眼睛
我们的眼球被荧光灼伤，变形
使事物变得模糊
而声音会放大我们的耳朵
变成通往真理的走廊和门
听出来的事物
是事物心脏的声音
那是音乐
与我们合而为一的声音

七

母亲总是右手举起装满声音的盒子
左手拔出天线，调整方向
收听上帝的声音
杂音像窗外的大雨
清晰的声音总是人的播音
我寻找着调频，使雨
下得更大。直到深夜

母亲说,她听到了上帝的声音

而我听见心跳过速的声音

八

充满声音的盒子总是发出

沙沙的声音,那是俗世听不到的

宇宙的声音

是时间切割万物的声音

有时,我感到恐惧

关闭充满声音的盒子

世界寂静无声

就像在镜子里

从拉萨去纳木错

从拉萨去纳木错,我听从神的

指引。要用雪的白,湖的蓝

清洗身上多年的锈

汽车在天上飞

并行的鸟儿瞪着围棋黑子的眼睛

另一群鸟在横穿公路,一只

接一只,无视一辆红色旅行车的飞

雪山和湖泊交替出现

砰———一只鸟

在挡风玻璃上,开出一朵玫瑰红

旅人们,正被天空和高原

折磨得死去活来

当雨刷擦去玻璃上的玫瑰的红

雪山的白,投下乌云之影

纳木错的蓝,蒙上灰色之梦

人们骑上巨大的白牦牛

拍照,白色鸥鸟

精灵似的掠过我们头顶

在浏河大地上行走

在浏河大地上行走,胸怀会变得广阔,

会变得底气足,当然,也会变得苦于思索

所有这些,都因为郑和。

因此,在浏河你会感到肩膀沉重,那是

天的重量,人的重量。

因此,在浏河不需登高望远,

沿着古街、水巷、低矮的建筑

一眼就能看见,一望无际的长江,

驶往天宇的轮船,

以及未来的天际线。

弦外之音

——诗歌札记

　　一

　　什么样的诗是好诗,我心里有数,不会人云亦云。一首诗,即使它的主人名声再大,我对这首诗好与不好的判断也不会受到影响。反之亦然。我对好诗的判断标准是:能让我感动的,能让我体会到深远意味的,能开拓我的语言疆界的,能增长我的世界认知的,能给我经验与超验的新发现的……我也一直在努力写出能让读者在这些方面有所收获的诗,虽然到目前为止我还没有写出令自己非常满意的作品。但我会一直写下去,直到生命的尽头。

　　二

　　诗意是诗歌的本质,也是所有艺术的本质。所以无论诗歌的审美如何随着历史的变迁而变化,但诗意是灵魂。没有诗意的诗歌,无论怎样标新立异,无论什么派、什么主义,都难以经得起时间的考验。

　　三

　　诗歌的存在,是人类共同的存在。她需要诗人这样的"工人"去工作,把诗意"产"出来,让人类共同分享诗意的"美味",并且通过诗意的

"美味"来抵抗人类永不满足的欲望。虽然当下诗歌被边缘化,用它来抵抗人类的欲望有点"堂吉诃德",但诗歌的作用即如此,诗歌的任务即如此。我当然想成为一个"生产"诗意的"工人"。

四

一个人的生命如果按年龄计算,假设1岁是1块钱,按平均年龄计算,每个人手里只有85块钱,我已经花去53块了,现在我手里还有32块,而且通胀得厉害,干不了别的,很快就会花完,只能用来干好一件事——写诗。打这个比喻,是为了提醒自己余年所剩无几,仅有诗歌才是自己的正途。

"一带一路"背景下的当代诗歌
——第六届青春回眸诗会侧记

黄尚恩

2015年7月10日至12日，由《诗刊》社、太仓市文联主办，太仓浏河镇文联、太仓诗歌学会承办的第六届青春回眸诗会在太仓市浏河镇举行。据《诗刊》副主编李少君介绍，"青春回眸"诗会是《诗刊》社于2010年打造的与"青春诗会"相对应的一项诗歌品牌活动，每年邀请部分曾参加过"青春诗会"的诗人以及一些没有参加过"青春诗会"但依然活跃在诗坛的诗人参加，他们大都在五十岁以上。此次参加诗会的诗人有张烨、周所同、沈苇、陆健、龚学敏、叶舟、冉冉、张战、龚璇、王学芯、刘金忠、哈雷、郑文秀、高建刚、张慧谋等。

回眸青春，回眸历史

在每一届的青春回眸诗会上，总有诗人调侃说，"一不小心，自己也到了'回眸'的年纪"。张烨1985年参加了第五届"青春诗会"，她说："'回眸'是一个残酷的词语，回头一望，三十年过去了，自己都快七十岁了。"但是，岁月并没有在她身上留下太多的痕迹，身着亮丽的服装，说话语速极快、声音洪亮，正应了人们常说的那句话——"诗人永远十八岁"。张烨回忆说："在我诗歌成长的道路上，《诗刊》起到了很大的辅助作用，而'青春诗会'也成了自己创作生涯的一个重要起点。虽然很久没有在《诗刊》上发表诗歌了，但这份亲切感一直埋在心底。"

诗人们在聊天中比年纪大小，周所同估摸了一下，觉得自己应该算是这群人中比较有资格"回眸"的了。实际上,青春回眸诗会这一品牌活动就是他参与策划、创立的,如今他的身份由创立者、组织者变成参会诗人。他说:"我年纪大了,在写作上有些力不从心,诗歌发展还得靠你们年轻的一拨。"然而,他所说的"年轻的一拨"也都是五十岁以上的诗人了。但就是这些诗人,依然活跃在当前的诗坛上,不断以自己的作品证明青春依旧在。诗会期间,诗人们在浏河镇采风,晚上一见面,周所同老师就递过来一张纸,上面有他刚写好的诗《老浮桥头掠影》,这速度和笔力毫无"力不从心"之感。

叶舟1994年参加了第十二届"青春诗会",周所同就是当时的辅导老师,如今师生一起到了"回眸"的年纪。他说,同届的有池凌云、张执浩、高凯等,这么多年来这些人都持续地在写,真是难能可贵。而张战则是在1995年参加了第十三届"青春诗会",当时的辅导老师是雷霆和梅绍静。她说:"我能走上诗歌之路,与《诗刊》老师的爱护密不可分。雷霆老师从茫茫的自然来稿之中发现了我的作品,并主动与我联系。这可以说是《诗刊》的一个优秀传统。"

回首过去的一幕幕,宛如昨日重现。关于青春,关于诗歌,总有聊不完的话题。对于诗人来说,历史与过往都会在诗歌里呈现出来。因此,回眸青春,也是在回顾自己的创作之路,总结得与失,然后继续走上探寻之路。

"一带一路"上的诗歌交流

浏河镇,史称刘家港,据当地人介绍,此地是郑和下西洋的起锚地。在诗会论坛上,诗人们围绕"一带一路"背景下的当代诗歌这一主题进行讨论。在这样的地方,没有比这更合适的研讨主题了。

"一带一路"是"丝绸之路经济带"和"21世纪海上丝绸之路"的简

称。"一带一路"倡议旨在借用古代"丝绸之路"的历史符号,主动发展与沿线国家的经济合作伙伴关系,共同打造政治互信、经济融合、文化包容的利益共同体、命运共同体和责任共同体。王学芯现在在无锡市商务局工作,对"一带一路"构想的背景和意义有着直观的了解。他说,中国的发展拥有着诸多的机遇,同时也面临着巨大的困难,只有实施"一带一路"倡议,才能为后续发展提供稳定的动力,现在江浙的一些企业已经陆续到东南亚国家开办生产基地,开展与外商的合作,以后可以组织诗人到这些地方采风,了解中国企业"走出去"的状况,并用诗歌将之反映出来,同时,可以通过诗歌与国外诗人进行交流。

这次与会的诗人中,沈苇来自新疆,叶舟来自甘肃,郑文秀来自海南,哈雷来自福建,张慧谋来自广东……他们所处的地域大都与"一带一路"倡议密切相关,对于诗歌与"一带一路"的关系自然深有感触。在"一带一路"的背景下,诗歌何为?沈苇认为,"一带一路"倡议的提出,会让文化上的对话与交流更加频繁,而诗歌可以成为当代对话与交流的使者,它越过语言的边界,是人类共同的精神分享。他关注到,柔巴依(或译鲁拜体)这一诗歌文体就曾扮演过古丝绸之路文化交流的使者。波斯的柔巴依据说是从唐代绝句脱胎而来,后来又传回西域。在《柔巴依:塔楼上的晨光》一书中,他曾用大量的史实和诗歌例证,将"丝绸之路"改写成了"柔巴依之路"。

郑文秀同样认为,诗歌是最能激发情感认同的文学传播载体之一,它与时代事件的脉向紧密相连,以不同区域、不同民族的历史、人情、风俗为依托,用简洁的语言演绎或展示着世界的丰富性,在"一带一路"背景下,中国当代诗歌应该表现出更为强烈的前瞻性和社会价值取向,从个体的、单一的、地方性的,向更为广阔的空间扩散,在形式上也应追求多样化,不断提升自身的影响力。龚璇说,"一带一路"构想让我们回想起辉煌的历史,并对未来充满了期盼,这些情感与情绪与诗歌密切相关,我们要从生活中寻找切入点,以个人化的方式介入历史与现实,写出优秀的作品,同时,要通过作品,与周边的国家进行文化上的交流,通过交流来促进诗歌写作的发展。

冉冉谈到,在"一带一路"倡议中,包含着"文化包容"的命题。所谓"文化包容",就是不同文化或者文明之间的相互理解、相互尊重、沟通交流、吸纳欣赏。事实上,一种健康、自信的文化,一定不会故步自封、惧外排外。对异质文化的尊重、包容、接受,是一种健康文化纳新吐故、延续发展的常态,也是丰富壮大自身的必需。作为一位写作者,"一带一路"倡议带给她的最大鼓舞是,一定要扩大自己的阅读视野,不仅要关注英、法、德、俄、美等几个国家的文学,还需要关注阿拉伯、东欧等国家和地区的作品。文化的交流与文明的碰撞,会产生文化、文学意义上的新物与新境。在诗歌创作上,既需要守住某些恒定的价值,以不变应万变,同时也需要拓展扩张、另辟新路,甚至不妨成为"变色龙"。变与不变,并不矛盾。

在龚学敏看来,文化交流是双向的,你有好的东西,我也有好的东西,于是互相吸引,共同交流。就诗歌来说,"一带一路"倡议的实施,确实为我们提供了良好的沟通平台,但是作为新诗的写作者,我们应该更多地反问自己:我们写出了什么令自己特别满意的诗歌,可以吸引别人的关注? 也就是说,只有我们真正地在创作上变得自信了,也确实写出了极其优秀的作品,我们才会积极与别人沟通,对方也才更加愿意主动了解我们。

诗歌的"命名之功"

古丝绸之路不仅让人们更方便地进行政治、经济、文化上的沟通,也催生了许多的文学作品。李少君在主持论坛时说,回顾中国诗歌史,边塞诗和海洋诗都出现过很多优秀之作,特别是在唐代,很多诗人到边塞去,以开放的心胸去面对广阔的大漠,写出了大气磅礴的作品,甚至很多诗人,从来没有去过边塞,也写了很多很好的边塞诗,南方题材、海洋题材的作品不是太多,但也有王维的"红豆生南国,春来发几枝"、张九龄的"海上生明月,天涯共此时"、李德裕的"一去一万里,千之千不还"(一说杨炎作)等名作名句。总体来说,无论是写边疆还是写海洋,以主动、积极而非失落、抱怨的心态去写,就容易写出好作品。现在,"一带一路"构想的提出与实施,又让我们的视野重新回到对这些题材的关注之中。

哈雷认为,"一带一路"倡议对当代诗歌的影响在于,我们要呼唤诗歌的"海洋意识"和"边塞风格"。所谓"海洋意识"应该包括"心系陆地的抒情"、"以海为家的抒怀"、"个性与自由的象征"和"多种样态的海洋意象"。海洋文化中的博大、包容、坚强、隐忍和热烈,应该被吸纳到诗歌创作之中,而所谓的"边塞风格"则是强调诗歌的想象力,它以表现边界文化交融和独行孤旅之感为主要内容,具有雄浑、豪放、悲壮、瑰丽之美。

"葡萄美酒夜光杯,欲饮琵琶马上催。醉卧沙场君莫笑,古来征战几人回。"从王翰的《凉州词》中,我们读到了熟悉的"唐风",而诗题中的"凉州"更让人感到熟悉,来自甘肃的叶舟对此自然感触颇多,他说,整个甘肃,特别是河西走廊,与唐诗宋词的繁荣密切相关。武威(凉州)、张掖(甘州)、嘉峪关、敦煌……每一个地名背后都蕴含着丰富的历史和文学故事。在古代,打通西域主要靠军事和文化,军事的重要性自然不用再说,但是假如没有那些文化人特别是诗人对这些地方的命名,西部叙事就会缺少很多的内容。现在,"一带一路"倡议的实施,让我们重新面对很多新鲜的事物和经验,但不知当下的诗人能否有能力对它们进行命名,这是一个极大的考验。

在陆健看来，随着经济和科技的发展，我们现在能够抵达的地方更多更广了，这为我们提供了新的写作题材。其中的关键在于，我们能不能把这些素材消化了，然后写出具有新意的诗作。到了需要"回眸"的年纪，想要保持创作的活力，就更加需要积极地在生活中汲取营养，就像"呼吸"一样，有吸纳才有产出，同时，要不断地改进自己的笔力，要写出不一样的味道。

周所同认为，对于中国不断变化发展的现实，诗歌表现的力度不够。很多时候，我们的诗歌声音太小、太低沉。当然，每个人都有自己的诗学追求，但我们似乎呼唤更为独特、更具有现实性的声音。"一带一路"倡议的提出，要求我们在写作的时候，需要具备一种世界性的眼光，更加全面地去把握写作对象。高建刚谈到，每一个人的内心都有着一份诗意，这让诗歌成为不同民族之间进行沟通的桥梁，在相互的沟通交流中，我们一同面对新的事物，用诗歌去抒写、命名。在很多人看来，一些东西，比如科技，是很难入诗的，但是它与我们的日常生活密切相关，不写它就可能无法贴近我们的现实。随着生活面的拓展，会有更多的新事物变成我们日常生活的一部分，诗人要敢于迎头去写。

诗歌写作中的"大"与"小"

谈到"一带一路"与诗歌写作的关系，与会者谈到，不是要求所有的诗人都一定要去写相关的题材，而是要求我们把写作的视野扩展开来。刘金忠说，诗歌要想不走进死胡同，就必须贴近现实生活，反映百姓的心声。诗歌是个人情感的抒发，但诗人的情感应当与更多的人的情感相融。如果你沉浸在孤芳自赏的深潭里，就无法真正打动别人。将个人情感与家国命运连接起来，我们的诗歌才会更容易具备闪亮的光泽。

沈苇谈到，诗歌是一种个体劳动，是高度个人化的创造和修为，也是一个人的神话和宗教,它既向内又向外,既大又小,上天入地,雌雄同体,悲欣交集。当一个诗人坐下来写作的时候,他是单独者、真正的"个体户",对自己写下的每一行诗负有运命和天职。宏大的"一带一路",有时候会变成具体而微的"一带一路",譬如他生活的城镇、村庄和家门口的"一带一路"——林带的一棵树、一丛灌木,或路上的一位老人、一个孩子,都与他有更真切的关联。由此,构成个体经验的唯一性和切身性以及写作者与世界的命运共同体的关系。

张慧谋认为,"一带一路"倡议太庞大了,只能从自己的身边写起。他经常在海岸线上采风,感受海洋带给他的丰富灵感。对于他来说,自己生活的那条海岸线就是"一带一路",但要把这条海岸线写好,需要自己更加仔细地观察生活,同时具备更广阔的视野。在张战看来,她喜欢关注的也是那些个人化的东西,但她也试图将个体的命运和民族的命运、全人类的命运结合起来。我们虽然关注的是身边的微小事物,但一定要用普适性的价值观去观照,去寻找到这个世界本真性的东西。

张烨则关注诗歌写作中的思想力问题。她说,现在的一些诗歌,语言上确实很漂亮,但仔细一读,里面都是空的,没有温度,没有惊心动魄的东西。诗歌是语言、思想和情感紧密结合的产物,缺一不可。她还注意到,古诗词之所以能够深入人心,是因为有一个标准存在;新诗却没有什么标准,什么样的作品都可以叫作诗,这确实是一个问题。在这个浮躁的社会,诗人应该沉下心来,提炼生活素材,扎扎实实写作,写出优秀的作品。